男装の女騎士は職務を全うしたい！

俺様王子とおてんば令嬢の訳アリ婚

丹羽夏子

Natsuko Niwa Presents

fairy kiss

この作品はフィクションです。
実際の人物・団体・事件などに一切関係ありません。

男装の女騎士は職務を全うしたい！

俺様王子とおてんば令嬢の訳アリ婚

fairy kiss

第一章　崖から純潔を放り投げる気持ち

この世には完璧な人間など存在しない。

ユディトの敬愛する女王ヘルミーネとて例外ではない。

ホーエンバーデン王国フューレンホフ朝第七代女王ヘルミーネは女傑《じょけつ》として知られている。

混乱の最中《さなか》女王として即位した彼女は、女だからと侮《あなど》る周辺各国の圧力を押し退《の》け、強気な外交政策を展開した。妹を南方の帝国の皇帝一族に縁づかせ、西の隣国とは娘の嫁入りによる同盟関係を結び、東の隣国とは武力衝突で勝利した。

また、国内に住む少数民族の自治を認め、多数派と少数派の軋轢《あつれき》を緩和した。

それから、鉱夫の待遇を改善することにより石炭の生産量を倍増させた。遠い島国で開発された蒸気機関なるものについても現在技術者を派遣して積極的に研究を進めている。

そんな名君ヘルミーネにも重大な弱点があった。

子供である。

十九歳の時に長男を出産してから四年前三十七歳の時に末娘を産むまで、彼女は合計で三男七女の子宝に恵まれた。

その子供たちを、彼女はとにかく溺愛した。異常なほど過保護に育てたのだ。

風雨どころか日光にすら晒《さら》したくないというほどで、どの子も十二歳になるまでは宮殿の外に出さなかった。子供たちのやることすべてに口を出し、ドレスの布選びから厨房《ちゅうぼう》の食材選びまで逐一《ちくいち》報告させた。乳母や家庭教師たちには日誌をつけさせ、毎晩必ず赤ペンでチェックを入れた。

それでも死神は容赦がない。彼女の産んだ子供は十人中四人が十二歳になる前に病で天に召された。そしてそのたびに残った子供への思いは強くなっていく。彼女の我が子への束縛は年々悪化する一方であった。

長男ルパートは今年で二十二歳になる。

ヘルミーネは、最初にして最愛の、そして男の子としては唯一となってしまったこの息子に、異常なまでの執着を見せていた。自分の手でふさわしい花嫁を見つけて宛《あて》がおうとし、躍起《やっき》になって各国の姫君を物色していた。

しかし当のルパートはまったく乗り気ではなかった。

理由はいろいろとあるだろうが、何はともあれ、彼は最終的にそんな母に対して重大な裏切り行為に出た。

家出である。

——僕は自分探しの旅に出ます。探さないでください。母上様におかれましては、ルパートは死んだものとお思いください。

こう書かれた紙切れたった一枚を残して、王太子ルパートは、宮殿から忽然《こつぜん》と姿を消した。

うららかな春の日のことであった。


ユディトは、ヘリオトロープ騎士団の控え室にある姿見の前で身なりを整えた。

白い立て襟のシャツの下、同じく白いトラウザーズを穿《は》く。シャツの上に黒いベストを着る。濃い紫のジャケットを羽織って、金のボタンで前を留める。最後に薄紫の裏地のついた白いマントを纏《まと》った。軍服――ヘリオトロープ騎士団の制服だ。

耳にかかる程度、うなじが少し見えるくらいに短く切られた亜麻色の髪に櫛《くし》を通す。

しっかりした眉に高い鼻筋、はっきりした二重まぶたと、そこに納まる髪と同じ亜麻色の瞳は、弟や若い頃の父とよく似ていると言われる。良し悪《あ》しはわからないが、とりあえず清潔感のある引き締まった容貌《ようぼう》には違いあるまい。

深呼吸をして、気合を入れた。

女王ヘルミーネが呼んでいる。

女王は今たいへん塞《ふさ》ぎ込んでいる。長男は本当に死んだものと思って、ここ数日喪服を着て泣き暮らしている。そんな彼女の姿は痛々しい。もとの、強く勇ましく凜々《りり》しく美しい彼女に戻ってほしい。

立ち直ってもらえるならなんでもする。何の用事かはわからないが、どんなことを言われても必ずや応えてみせる。

覚悟を決めて、控え室を出た。

長い廊下を行き、女王の居室に向かう。

ルパートが失踪してからというもの、彼女は政務を放り出して自分の寝室にこもりきりだった。ユディトも今回は彼女の寝室に呼び出されていた。

寝室の前に辿《たど》り着くと、警備の衛兵を兼ねた侍従が二人、両開きの大きな扉の前に立っていた。

ユディトの姿を見るなり、彼らはその場にひざまずいた。

「陛下がお呼びだとお聞きした。お会いできるだろうか」

ユディトが問い掛けると、侍従たちが立ち上がった。うち一人が「お待ちください」と言って、もう一人が扉をノックした。

「陛下、ヘリオトロープ騎士団の方がお見えです」

中からくぐもった声が聞こえてきた。

「ユディトですか」

侍従たちが顔を見合わせた。

彼らが返答する前にユディトは自ら声を張り上げた。

「ユディトにございます、陛下。ユディト・マリオン・フォン・シュテルンバッハにございます」

ヘルミーネはすぐに答えた。

「待っていました。お入りなさい」

侍従たちが扉を左右に開けた。

部屋の中の壁紙はクリーム色に小花の散った少し甘い雰囲気のものだったが、シンプルな白い家具調度からは華美な印象は受けない。唯一部屋の中央奥にある天蓋《てんがい》付きのベッドだけが少し高価そうに見えた。

天蓋から下がっているレースのカーテンを掻《か》き分け、薄紅色の寝間着を纏ったヘルミーネが顔を出す。長く艶やかなバターブロンドの髪は乱れており、碧《みどり》の瞳を守るまぶたは赤く腫れぼったい。

「ああ、ユディト」

彼女は今にも泣き出しそうな顔をしてベッドから出た。ユディトのほうに向かって二歩、三歩とおぼつかない足取りで歩み寄り、縋《すが》るように手を伸ばしてきた。

ユディトも両腕を伸ばした。彼女を支えるためそっとその両肘をつかんだ。

「お待たせして申し訳ございません、陛下。この難事の最中に他ならぬこのユディトをお呼びとのこと、恐悦至極《きょうえつしごく》に存じます」

女王はここ数日で少しやつれたようだった。食事も睡眠もままならぬと聞いてはいたが、実際に見てみると確かに衰弱しているのがわかる。

ユディトの胸は締め付けられた。彼女が一刻も早く苦しみから解放されるようにと願わずにはいられない。そしてそのためならどんなことでもしようと改めて誓った。

「ユディト、あなたに折り入って頼みがあります」

女王が泣き出しそうな声で言う。

「あなたは驚くかもしれません。笑うかもしれません。ですが、あなたが私の知る中でもっともふさわしい人物だと思ってのことです。真面目に受けてくれませんか」

ユディトは一度首を横に振ってから、最後に大きく頷《うなず》いた。

「このユディト、一度でも陛下のご下命を軽んじたことなどございましょうか。いかなることでも申しつけられませ。全身全霊をかけて、必ずや陛下のお心に適《かな》う行いをしてみせます」

女王が震える声で言う。

「頼もしいです」

その言葉だけでユディトは心が満ち足りるほど嬉《うれ》しい。

何を命じられるのだろう。ルパート王子の捜索か。それとも別の王太子を立てるための教育か。いずれにせよ全力を尽くすつもりだ。この身は王家に捧《ささ》げたもの、女王の命令ならたとえ無実の罪で首を刎《は》ねられてもユディトには受け入れる覚悟がある。

「なんなりと」

「本当になんでも聞いてくれるのですね」

「もちろんでございます。ご心配召されるな」

「本当の、本当に、ですね？　私を愚かな、子を失って正気も失った女だと思ったりなどしませんね？」

「何度もおっしゃられますな。いかにお試しになられようともユディトの決心は変わりません」

「では、お願いします」

女王の白い右手が、彼女の左肘をつかむユディットの右手を握った。ユディットは手を離してほしいという意味の合図だと悟り両手を離した。

案の定、女王は両手でユディットの両手を握り締めた。女王の白く華奢《きゃしゃ》な手が、ユディットの剣だこのある強くたくましい手を包み込んだ。

「子供を産んでください」

理解できなかった。

思わず「は？」と言ってしまった。女王を前にしてこんな間抜けな声を出したのなど初めてだ。

女王は意に介さず、悲壮な決意をした顔で繰り返した。

「王家のために。子を産みなさい」

頭の中が、真っ白になった。

「……えっ、え？」

「我が甥《おい》アルヴィンの子を産んでくださいませんか」

意識が遠退きかけた。

「十人でも二十人でも私の孫として育てますので、どうか強い男の子を産んで――ユディト？　顔色が良くないようですね」

やはり女王は正気を失ったのかもしれなかった。

「陛下……、おそれながら申し上げます。我らヘリオトロープ騎士団というものは女であっても女であることを捨てて女王陛下や王女殿下のために戦う騎士団であって――」

「剣術と馬術で鍛えたヘリオトロープ騎士団にいる娘ならば度重なるお産に耐えられると思うのです。中でも最強と謳《うた》われるあなたの体力ならあのやんちゃ坊主の求めに応じられるでしょう」

女王は正気を失ったのだろう。そうに違いない。正気だったら自分の忠臣にこんなことなど言えるだろうか。

「なんでも聞いてくれると言いましたよね？」

絶句した。

ヘリオトロープ騎士団とは、女王ヘルミーネの母、つまり先代の王妃が設立した、女性だけで構成された近衛《このえ》兵団のことである。

騎士という名がついてはいるが、伝統的な騎士団ではない。この国の正式な騎士団のほうはすでに形骸《けいがい》化して戦を知らぬ貴族の集団となり果てている。戦場での主体は銃火器の扱いに慣れた王国陸軍だ。

ではなぜそんな時代に新たに騎士団と名のつく騎兵の近衛隊を作ったのかというと、先代の王妃の過保護が原因である。この国の王族女性は総じて育児に情熱を傾けがちだ。

先代の王と王妃には子供が四人いたが、四人が四人とも女の子であった。潔癖症の王妃は、娘たちが清らかな女性に育つことを望んだ。そしてそのために彼女たちの生活の場から男性を排除しなければならないと考えた。

たとえ護衛や侍従であっても、家族以外の異性が傍《そば》にいれば間違いが起こるかもしれない。結婚するまではおかしなことを学んでほしくない。

王妃は、由緒正しい血筋の子女を選んで、剣術や馬術を習わせ、娘たちの護衛としての女騎士を育成することにしたのだ。

そういうわけで、ヘリオトロープの女騎士はあくまで女王および王女の護衛だ。女王や王女の身辺警護のために貴婦人や令嬢に扮《ふん》したり、時として侍女のように生活の手助けをしたりするためにいる。

だが、女王や王女のお傍付きはたいへん名誉なことだ。しかも、イベントの際、ヘリオトロープの花をイメージさせる白と紫の揃《そろ》いの制服を着て女王の両脇を固めて歩く姿は、この上なく目立つ。王宮に勤める者も市井《しせい》の者もヘリオトロープ騎士団を特別視し、神聖視している――と弟に言われたことがある、十五歳でヘリオトロープ騎士団に加入して今年で七年になるユディトは当事者なのでわからない。


心を落ち着けるため、宮殿の中にあるヘリオトロープ騎士団専用の控えの間のさらにその準備室に逃げ込んだ。一応女性である女騎士たちのための化粧部屋だ。

壁には鏡が四枚取りつけられており、化粧道具の置かれた棚と丸椅子四脚、それから歓談するための小さなテーブルと猫脚の椅子四脚が置かれている。

猫脚の椅子のうちのひとつに座り、女王の侍女が気を利かせて淹《い》れてくれた紅茶を飲んでいると、騎士団の紫の制服を着た同僚が二人入ってきた。

「なんかめちゃくちゃ暗い顔してない⁉　だいじょうぶ⁉」

口では心配するそぶりを見せながらも、表情では愉快そうな笑みを見せているのは、癖の強い赤毛をユディト同様男のように短く切った、緑の瞳のエルマだ。騎士団で一番のお調子者で、良く言えば陽気で朗らかなムードメーカーだが、はっきり言って緊張感のないやつである。

「特別に難しいご下命がおありでしたか」

抑揚のない、ともすれば冷たく聞こえるほど落ち着いた声音で問い掛けてきたのは、まっすぐの長い銀髪を後頭部でひとつの団子状にまとめている、アイスブルーの瞳のクリスだ。騎士団で一番の美女と謳われているが、冷静沈着を通り越して時に冷血で、陰では氷の女王とあだ名されているらしい。

ユディト、エルマ、そしてクリスの三人は、正確には、第三王女ヒルデガルト、通称ヒルダ姫の護衛官だ。しかし女王ヘルミーネは自分によく似て美しいこの三女を少々特別扱いしており、彼女がとりわけ信を置いているこの三人を重用していた。したがって女王がこの三人を呼び出すこと自体はさほど珍しくはない。

だが、今回、女王はユディト一人だけを望んだ。

違和感を覚えながらも、他二人はユディトを見送った。そして、帰ってくるのを待っていた。

二人も猫脚の椅子に腰掛けた。クリスがユディトの正面、ユディトから見て左でクリスから見て右に当たる椅子にエルマが座る。

ユディトは、重い息を吐いた。

「私は、今、そんなに暗い顔をしているだろうか」

問い掛けると、エルマが騎士にあるまじき軽薄な口調で答えた。

「うんマジヤバい！　めっちゃ死にそう！」

ユディトは重々しい声で「そういう言葉遣いは控えろ」とたしなめたが、もはや注意しても無駄であると認識しているらしいクリスは無視した。

「あなたは極端に深刻に捉える傾向があります。責任感も度が過ぎれば自虐です」

「クリスは厳しいな」

「話してください。あなたの動向はヒルダ様の活動にも影響を及ぼします、必ず情報を共有してください」

「そーいう言い方やめなよクリス、ふつーにユディトが心配って言えばいいじゃん！」

今度はユディトもエルマを無視した。

ティーカップに一度唇をつける。冷め始めた紅茶をほんの少しだけ口に含む。

話してもいいのだろうか。

女王が本当に正気であるのか疑わしい。我に返った時恥ずかしい思いをするのは女王ではないか、と思うと、彼女の面子《めんつ》を守るために黙秘したほうがいい気がする。

仮に正気で本気だった場合、王冠の行く末に関わることである。女王がユディトと子作りをするのを望んでいるのは、ルパートが消えた今や王家唯一の男性となってしまった女王の甥のアルヴィンなのだ。あれこれの事情がなければアルヴィンは今頃王位継承権第一位だったはずの男で、子供が生まれたら王家の将来を揺さぶる事態になりうる。

加えて、自分もちょっと恥ずかしい。子供を産むということは、子供を作るということであり、ヘリオトロープ騎士団に加入したことで縁が切れたはずの男女の関係に足を突っ込むということである。二十二年間守ってきた純潔が突如崖から放り投げられようとしているわけだ。

「ユディト？　どうしちゃったの？　そんなにヤバいこと言われてきたの？」

エルマがユディトの顔を覗《のぞ》き込んできた。

その時だ。ドアを乱暴にノックする音が聞こえてきた。

一番ドアに近い場所にいたクリスが立ち上がり、鋭い声で問い掛けた。

「どなたですか」

相手は名乗らなかった。

「おい、ユディト・マリオン・フォン・シュテルンバッハというのはそこにいるか？」

男の低い声だった。

三人は顔を見合わせた。

聞き覚えのある声だ。

ユディトは冷や汗をかいたが、エルマとクリスは事情を知らない。今ユディトがどれだけ肝を冷やし口から心臓が飛び出そうになっているのか、この二人は知らないのだ。こんなことになるならやはり早めに説明しておくべきだった。

もう遅い。

「おります。お開けします」

クリスが立ち上がって手を伸ばし、ドアノブをつかんで、開けた。

そこに数人の男が立っていた。

基本的に男子禁制のヘリオトロープ騎士団の空間に複数名の男を連れてやってくる、というのは、本来非常識極まりなく無礼なことだ。だが、中央、先頭に立っていた男には、そういう繊細さや神聖性は通用しない。なぜなら、彼が王族だからである。

非常に背の高い男だった。ヘリオトロープ騎士団でもっとも背の高いユディトよりも大きい。短く切られた黒髪は男らしく硬そうで、切れ長の目の中、紫の瞳に浮かぶ表情は読めなかった。口元は笑っていない。身に纏っているのは漆黒の詰襟——ホーエンバーデン王国正規軍の軍服だ。

彼はずかずかと部屋の真ん中に入ってきた。

ユディトとエルマも一度立ち上がった。そして、三人揃ってその場にひざまずいた。

男が、先ほどまでユディトの座っていた椅子に腰を下ろした。ユディトたち三人とは違い、足を大股に開いた上で、左の腿《もも》の上に右足をのせながら、だ。

「で、どれがユディト・マリオン・フォン・シュテルンバッハだと？」

ユディトの左側でエルマが、同じく右側でクリスが、真ん中にいるユディトを指差した。

逃げられない。

「……私がユディト・マリオン・フォン・シュテルンバッハだ、アルヴィン殿下」

男——アルヴィンが息を吐いた。

「お前がか。陛下からとても可愛《かわい》らしい女だと聞いていたが、俺の護衛官にいても違和感がないくらいがたいがいいな」

クリスが顔を上げ、毅然《きぜん》とした態度で言った。

「おそれながら殿下、ヘリオトロープ騎士団は殿下の火遊びのために設けられた機関ではございません。可愛らしい女を物色したいのなら娼館《しょうかん》に行かれることをお勧め致しますが」

アルヴィンもまた、クリスの言葉にまったく臆せずに応じた。

「残念だが陛下が俺にここで種蒔《ま》きをせよとおおせだ」

冷や汗が止まらない。

「陛下からお聞きしたが、どうやら俺の子供を産んでくれるそうだな、ユディト・マリオン・フォン・シュテルンバッハ」

エルマもクリスもユディトを見た。エルマは目を真ん丸にしているし、あのクリスまでもが薄く口を開けている。

「これから家族計画について話し合わせていただきたいのだが」

万事休す。

「どういうことですか」

クリスが冷静な声音で、しかしほんの少しなじる雰囲気も滲《にじ》ませた声で問う。

「いくら殿下であっても陛下を愚弄《ぐろう》する言葉を口にされるようであれば我々ヘリオトロープの騎士には殿下をお斬りする覚悟がございます」

クリスはアルヴィンを脅すつもりで言ったのだろうが、その言葉はユディトの胸に突き刺さった。

愚弄だ。つまり、本物の女王ならそんなことは言わない、女王がそんなことを言ったというのは嘘《うそ》であり誹謗《ひぼう》中傷の名誉毀損で侮辱だ、と言いたいのだ。

普通に考えたら、そうだ。あの清廉潔白にして家族や家臣への愛情の深い女王ヘルミーネが、身近な若者をくっつかせて子供を作らせるなどあり得ない。王位継承に関わってくるアルヴィンはともかく、ヘリオトロープの騎士として七年間女であることを忘れて生きてきたユディトの性という私的領域に踏み込んでくるなどあり得ないのだ。

「そうだな、冷静に考えたら、陛下がそんな馬鹿げたことをおっしゃるわけがない。陛下はご乱心なのだ」

ユディトがそう呟《つぶや》くと、エルマが「えっ」と言ってユディトの顔を見た。

「マジで子供を作れって言われてきたの？　陛下ご本人に？」

少し気持ちが楽になったので、軽い気持ちで「ああ」と頷いた。

「からかわれてんじゃないの？　ユディトはいじると面白いって思われてんだよ、なんでも本気にするから」

エルマに続いて、クリスも頷いた。

「私もそのように思います。陛下はお疲れなのでしょう。お忘れになるとまでは申しませんが、明日の朝には撤回されているのではないでしょうか」

「まあ、とりあえず、俺の話を聞け」

アルヴィンはそう言うとテーブルの上のティーポットを手に取った。器用なことに、親指で蓋《ふた》を押さえ、人差し指から薬指までの三本で取っ手を持ち、右手だけでティーカップに紅茶を注《つ》いだ。男性の大きな手だからこそできる芸当だ。

そのティーカップは先ほどまでユディトが使っていたものだ。

アルヴィンがユディトのティーカップで紅茶を飲んだ。

間接キスである。

「まずお前ら、俺を殿下と呼ぶのをやめろ」

一気に飲み干したらしく、ティーカップをひらひらと振るように揺らした。

「俺は王子じゃない」

クリスが淡々と応じる。

「殿下とお呼びするようにと命じられています。他の誰がなんと言おうとも今の殿下は陛下の養い子であり王家の人間です。たとえ殿下ご自身のお言葉であろうともヘリオトロープの騎士は女王に背くことは致しません」

「頭の固い女だ。陛下がお前を選ばなかった理由を察した」

「お母上とお呼びになられたらいかがですか。陛下、ではなく」

「事情を知っているくせによく言う」

アルヴィンは三人を見下ろした。

「わかっているだろう？　俺は陛下のあばずれの姉が産んだどこの誰の子とも知れない男だ。体裁が悪いから俺を養子にして王子という扱いにしているが――今回の子作り騒動ではっきりした」

ユディトは目を丸くした。

「陛下は俺のことを本気で我が子だと思っているわけじゃない。だから種馬として扱える。可愛い娘たちを守るために、俺に汚れ役をやらせようとしている、というわけだ」

思わず顔を上げた。そしてつい言ってしまった。

「どういうことだ。娘たちを――姫様たちを守るために？　殿下が――」

「アルヴィンと呼べ」

「アルヴィン様が子を作られることと姫様たちにいったいなんの関係が？」

「お前はわからなかったのか？」

アルヴィンが顔をしかめる。

「王家の血を引いた男児が欲しいなら自分の娘に産ませればいいだろうが。あるいは自分も女王なんだし娘のうちの誰かを女王として立てればいい。それをわざわざ本当は甥である俺の子を、それも王族でない女に産ませる、というのはどういうことだと思う？」

言われてから気づいた。

「大事な、可愛い可愛い娘たちに、産みたくない子供を産ませなくて済むためには、だ。よその女に産ませるしかない」

頭を殴られたような衝撃を感じた。

女王にとって我が子は絶対だ。政務においては公明正大に見える女王は唯一自分の子供たちのことに関してだけは冷酷非情な態度を取る。どんな忠臣でも可愛い我が子には代えられないのだ。自分の娘の体を守るためならなんでもするだろう。

それに、ユディトは知っていた。一年おきに十人も子供を産み続けた女王の体はぼろぼろだ。それでも彼女は子をなすことは王の務めだからと言って励んできた。女王である以上は、政務と出産を両立させなければならない。そういう苦しみを自分の娘には味わわせたくないということか。

「お前は人身御供《ひとみごくう》になったんだ。お姫様たちを守るための、な」

そして最後に付け足した。

「俺もだ」

場が静寂に包まれた。そこにいた全員がしばらく沈黙した。

アルヴィンは少しの間黙ってティーカップのつまみを指先で弄《もてあそ》んでいた。ややしてから、こう続けた。

「――というわけだ。こんなクソみたいな親馬鹿に付き合う必要はない。お前はこの件について忘れろ。俺も従わない。しばらく様子を見て、頭が冷えても同じことをおっしゃるようなら、一般民衆に対して女王はひとにこんな非道徳的なことをやらせようとしていると公表すると脅して撤回させる」

「いや」

ユディトは考えた。本気で考えた。全力で考えた。

「それならば、なおのことお受けしなければならない」

ユディトはヘリオトロープの騎士だ。叙任《じょにん》された時、全身全霊をかけて、身も心もすべて王家の女性たちに捧げると誓った。主君のヒルダ姫のために、そして、主君の母であるヘルミーネ女王のために、自分はこの世に存在する。

「その行いがヒルダ様をお守りすることにつながるのであれば、私は子を産ませていただく」

アルヴィンが目を見開いた。エルマが「はあ？」と呟いた。クリスが溜息《ためいき》をついた。

ユディトは本気だった。アルヴィンの顔を見上げて、はっきりと申し立てた。

「女王陛下は決して過ちを犯さない。それが王家にとって最善の策に違いない。私は陛下を信じる」

「おい、お前な――」

「我が子と臣下の者を天秤《てんびん》にかけた結果、我が子を取っただけのこと。母親として正しいご判断だ。それに陛下もきっとおつらかっただろう、本来陛下は慈悲深いお方だ。私の犠牲を尊く思って重んじてくださると思う」

アルヴィンが「なんだこいつ、バカなのか？」と呟いた。エルマとクリスが「そうです」と唱和した。

ユディトは立ち上がった。

「というか、さっきから黙って聞いていれば陛下のお人柄を批判するようなことばかりおっしゃって、いくらアルヴィン様といえども聞き捨てならん！　陛下がそうとお決めになったらそう！　なぜ黙って従うとおおせにならないのか⁉」

「いや、これ、俺が悪いのか？」

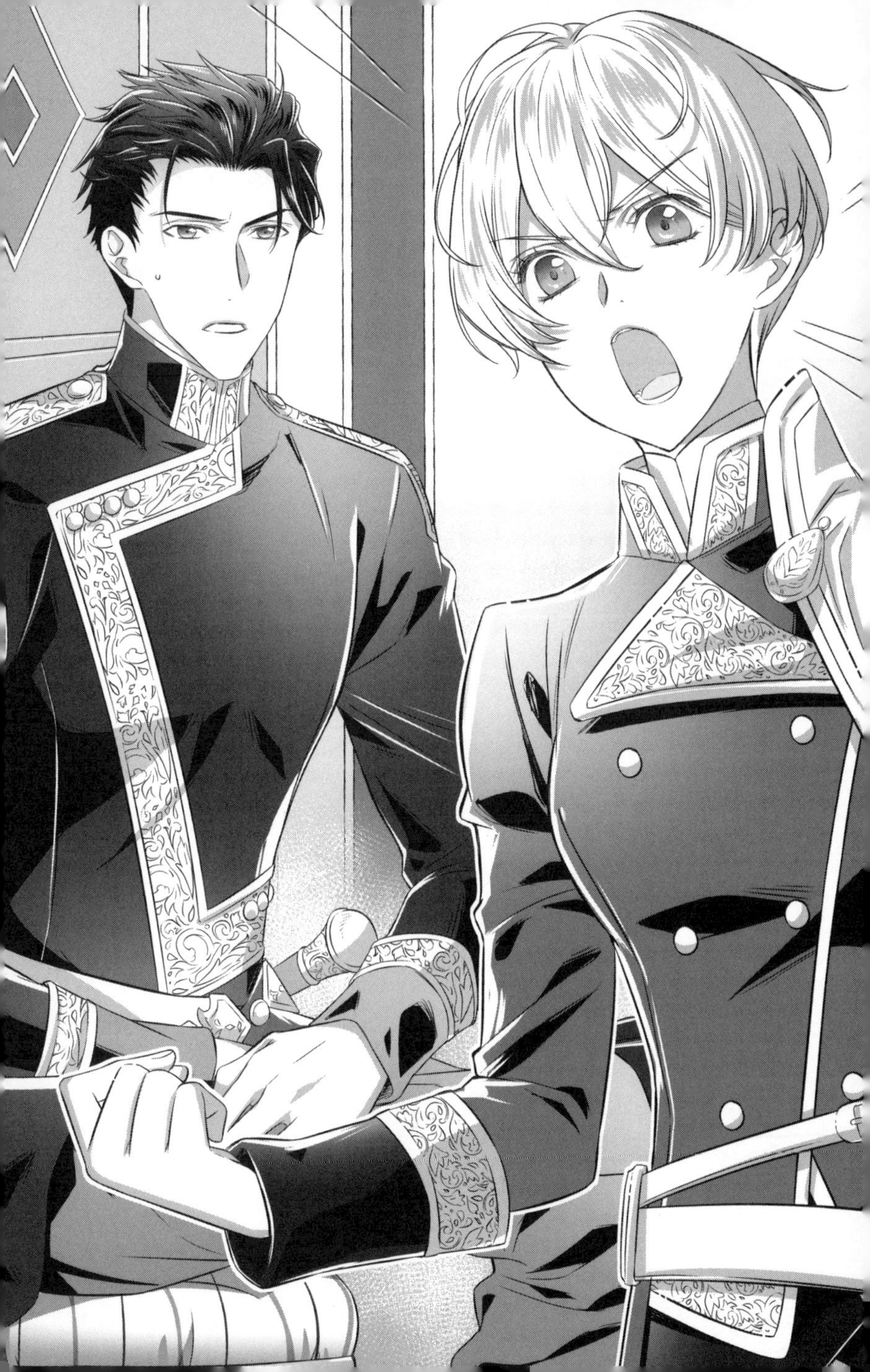

「だいたいアルヴィン様は種をつければ解放される身ではあるまいか、何がそんなにご不満だ？　産みの苦しみがあるわけでもなし、男ならばここは黙ってひとつ陛下に孫を見せるおつもりで励まれたらいかがか！」

「そう来たか」

「あと、冗談でも陛下のご意思をクソみたいななどと言うやつは許さん！　撤回しろ！」

アルヴィンは、深い溜息をついた。

「とにかく。俺は、子作りは、しない。いいか、俺は、しないんだ。わかれ」

ユディトは即答した。

「断る。私と子をお作りになれ」

アルヴィンとユディトの視線がかち合った。

「王家のために！　子種を！　捧げろ！」

「お前だいぶ気持ちが悪いやつだな⁉」

エルマもクリスも首を横に振った。

「俺はお前のために言ってやっているんだぞ！」

「押し付けの善意などご無用！　これぞまさしく小さな親切大きなお世話！」

「俺は絶対嫌だからな！　何が悲しくてこんな色気もクソもないあんぽんたんを抱かなきゃいけないんだ！」

「それが本音か⁉　私のことも愚弄するのか！」

エルマとクリスも立ち上がった。「落ち着きなよ」「落ち着きなさい」と言いながら、左右からそれぞれユディトの腕をつかんだ。

だがユディトは腹が立って仕方がなかった。

自分はヘルミーネとヒルダのためならなんでもする。子宮を提供することぐらいなんとも思わない。なんでもすると約束した。それでヘルミーネが元気になってくれるのなら構わなかったし、ヒルダの体に負担をかけずに済むのであれば万々歳だ。

それを、お前のため、と言われて否定されるのは納得がいかない。

その上、なんとなく、何がどうというわけではないが、アルヴィンが上から目線で腹立たしい。

「やはり貴様は陛下の御子などではない！　陛下の御子は皆様お優しくてお可愛らしくて貴様のような捻《ひね》くれ者とは違うのだ！」

「言ってくれるじゃねーか！」

アルヴィンも立ち上がった。至近距離で睨《にら》み合う。

ドア付近で様子を見ていた男たちが入ってきた。慌てた様子で二人の間に入ろうとした。

「アルヴィン様落ち着いてくださいっ」

「いくら騎士と言っても相手は女性ですよ⁉」

「うるせぇ黙れ」

アルヴィンが男たちにも一喝《いっかつ》する。

「何をどうしたら納得する？　一発ぶん殴れば目が覚めるのか？」

「いいだろうやりたくばやるがいい。ここにいる全員が貴様を女を殴る卑怯者だと認識するだろうが私は痛くも痒《かゆ》くもないな」

「この俺を卑怯者だと？　俺は正々堂々ここにいて相手をしてやっているだろうが」

「では決闘だ」

エルマが「あちゃあ」と呟いた。

「表に出ろ。正々堂々剣で決着をつける。それが騎士というものだ」

アルヴィンは即答した。

「わかった。俺も形だけとはいえ一応軍人だ。そう簡単に負けてくれるとは思うな」

「上等だ」

エルマとクリスを振り払い、男たちを掻き分けて、廊下に出た。目指すは広い裏庭だ。

「私が勝ったら子作りだからな」

「俺が勝ったら全部ナシだぞ」

途中でアルヴィンが「ん？　なんか普通逆じゃないか？」と呟いたが、誰も何も答えなかった。

宮殿には庭が大小合わせて三つある。正門から正面玄関へ続く広大な前庭、壁に囲まれて四角形になっている中央の吹き抜けの中庭、そして宮殿の裏にある広いが薄暗い裏庭だ。

さすがのユディトにも目立つ前庭や王族の目に触れやすい中庭で事を荒立てるのはまずいと思う理性はあったので、アルヴィンを裏庭に誘導した。

裏庭は宮殿の北の棟の北側から敷地の北の縁を示す壁までの間すべてを使っているため広い。けれど二階建て――一般住宅と比較すると四階建てに相当する高さ――の宮殿の北側で日当たりは悪い。しかも今は春になったばかりで寒い。行事にはめったに使われない。

好都合だ。王族の皆に迷惑をかけるわけにはいかない。できるだけ目立たないように始末したい。相手のアルヴィンも一応王族だが、こんなクソ野郎はヘルミーネの子ではないのでカウントするのはやめた。

ユディトはそう思っていたのに、いつの間にか野次馬が現れて辺りを取り囲んでいる。

「いいぞユディト！　やっちまいな！」

「ヘリオトロープ騎士団のなんたるかを見せつけろ！」

「男なんかに負けてなるものか！」

威勢のいい、若干暴力的な野次を飛ばしているのは、ヘリオトロープ騎士団の紫の制服を着た女たちだ。半分はユディト同様髪を短くした背の高い女で、ともすれば少年の集団のようにも見えるが、ヘリオトロープ騎士団の制服を着ている以上は全員女性のはずだ。しかしそれがなかなかどうしてか好戦的で、ユディトは声援を受けて気持ちがさらに高まっていくのを感じた。

「まずいですよアルヴィン様！　万が一怪我をさせちゃったらどうするんですか！」

「いくらなんでも相手は一応女なんですから！　こんなこと女王陛下に知られたら！」

「あくまで黙らせる程度ですよ！　絶対本気になっちゃだめです！」

対して、王国正規軍の黒い制服を着た男たちの方が少々弱腰だ。彼らはできれば決闘を回避したいようだ。しかしそれが余計にユディトの怒りに火をつけた。

「つまり、貴様らは私が女でアルヴィン様より弱くて下手をしたら怪我をさせられてしまうくらい力がないと言いたいわけだな」

ユディトが唸《うな》るようにそう言うと、男たちは一瞬黙った。

「そりゃな。女の子だし」

誰かがぽつりと言う。

それに対して誰かが続ける。

「いや、本当に女なの？　俺には男に見えるけど」

「おい、バカ！　言うなよ！　みんな言いたかったけど我慢してたことなんだぞ！」

「皆殺しにしてやる」

ユディトの言葉を聞いて、ヘリオトロープの騎士たちが「やっちまえー！」と叫んだ。

「女だからとて甘く見ていると——怪我をするのは貴様のほうだ」

腰に携《たずさ》えていた剣の柄《つか》を握る。ゆっくり引き抜く。

自慢の得物《えもの》はレイピアだ。騎士の伝統の剣であり、刺突《しとつ》に長《た》けた形状をしている。刃の部分が長く柄の部分が短い槍《やり》のようなもので、長さはユディトの腕ほどあり、重さはゆうに一キロを超える。だが鍛え上げられたユディトの腕では大した負担ではない。これでヒルダを狙う悪党を一突きにして倒したことも一度や二度ではなかった。人間の分厚い胸を突き抜ける瞬間、ユディトはいつも爽快に感じていた。

「やめるなら今のうちだぞ」

アルヴィンも腰に携えていた剣の柄を握った。そして、ゆっくり引き抜いた。

彼の剣は軍用のサーベルだった。歩兵同士の白兵戦になった時に斬り合うための剣で、レイピアより若干短く、重量も少し軽いはずだ。刃は大きく磨かれていて斬った時の殺傷能力は高い。だが王族として名誉将校をしているアルヴィンの腕など大したものではないだろう。将校の軍刀は見せびらかすための装飾品だとユディトは認識している。

「何度でも言うが、俺はお前のために言ってやっているんだからな。傷つけたくてやっているんじゃない」

「私の名誉は傷ついた。忠誠心やプライドが貴様に傷つけられたのだ。これは命をもって贖《あがな》っていただきたい」

「お前いつの時代の騎士だ？」

右手で持ち、軽く肘を曲げて構え、腰を落とす。

「……本気でやるんだな」

「当たり前だろう。貴様も本気でかかってこい」

アルヴィンも、溜息をつきながらではあったが、サーベルを構えた。柄を両手で握り締めている。サーベルを使う、というより、ロングソードを使う時の構えだった。それこそ、古き良き時代の騎士を思わせる姿勢だ。

背が高く筋骨隆々とした男性であるアルヴィンなら、両手でロングソードを握るだけでいにしえの悪しきドラゴンを倒した英雄のように格好がつく。

腹が立つ。

「行くぞ」

一言言い放ってすぐ、突進した。

颪よりも速く跳び込む。

左胸を狙って繰り出した。

アルヴィンはサーベルを横に薙《な》ぎつつ一歩右に逃れた。

サーベルとレイピアの刃がかち合う。金属音が鳴り響く。

重い。

ユディトは思った。

こいつは強い。

だが負ける気もしない。腕力ならユディトも自信があった。

互いに剣を弾《はじ》き合いながら足に力を込めて留《とど》まった。

すぐに第二撃に移る。

アルヴィンのサーベルの切っ先とユディトのレイピアの切っ先が重なる。かちかちとぶつかる音がする。

一歩踏み込む。アルヴィンもまた踏み込む。すれ違うように立ち位置が入れ替わる。

振り向いてまた一歩踏み込む。

レイピアのほうが長い。間合いは有利——のはずだったが、アルヴィンも一歩踏み込むと彼の剣の切っ先がユディトの頬《ほほ》をかすめた。たとえユディトの武器のほうが長くとも、腕が、男性のアルヴィンのほうが長いのだ。相殺されてしまう。心の中で舌打ちをした。

刃元まで滑り込んでくる。アルヴィンのサーベルの鍔《つば》とユディトのレイピアの鍔がぶつかる。すさまじい腕力だ。このままだと押し切られる。力を逃がすために横に振った。

アルヴィンは左手を柄から離した。そして、その左腕で、ユディトの胴を抱え込んだ。

「なん——」

力任せに地面へ叩《たた》きつけられた。あまりの衝撃に一瞬何が起こっているのかわからなかった。

アルヴィンが剣を捨てた。地面から今まさに体を起こそうとしているユディトにのしかかってきた。重い。体重が違いすぎる。

右の手首をつかまれた。一度上に引っ張り上げ、さらに地面に叩きつけられた。手首に強烈な痛みが走った。

けれどユディトはまだ剣を手放さなかった。

それならそれでこちらも対処のしようがある。

ユディトも左手を伸ばした。アルヴィンの詰襟をつかんだ。肘を内側に曲げ、思い切り引く。彼の表情が一瞬苦痛で歪《ゆが》む。その額を地面に叩きつける。

同時に、足を彼の腰に絡めて、力任せに横へ倒した。押し退けることに成功した。

二人の間に少し距離ができた。

なんとか体勢を立て直そうと、レイピアの先を地面に突き立て、杖《つえ》として使って立ち上がった。

アルヴィンは完全に素手だ。だが体術の心得もあるに違いない、軽く拳を握って顎《あご》の下辺りで構えた。

「お前、なかなかやるな」

「貴様のほうこそ」

「女だからって手加減するんじゃなかった」

「最初から本気で来いと言っただろう」

次で決める。

ユディトのレイピアがアルヴィンの体を貫けばユディトの勝ち、ユディトのレイピアが外れてアルヴィンがユディトのふところに跳び込めたらアルヴィンの勝ちだ。

二人とも、気合を入れるために声を上げた。

一歩を踏み出そうとした。

「おやめなさい！」

甲高い声が聞こえてきた。

はっと我に返って声のするほうを向いた。

「何をしているのですか！　おやめなさい、このお馬鹿さんたち！」

宮殿のほうから二人の人物が走ってきていた。

ドレスを両手でつまんで、らしくもなく足首を見せてこちらに走ってきているのは、妖精のような少女だった。髪は緩《ゆる》く波打つ長く美しいバターブロンドで、碧の瞳には焦燥感が滲んでいる。普段は白い肌が走ってきたためか紅潮《こうちょう》していた。

「ユディトも、アルヴィン兄様も！　なんてこと！」

ヒルダ姫――第三王女ヒルデガルトだ。

ユディトはすぐさまレイピアを鞘《さや》に戻してひざまずいた。アルヴィンも構えを解いてヒルダのほうを向いた。

「信じられませんわ！　どういうことですの⁉」

ヒルダの後ろをついてくる者がある。クリスだ。彼女は相変わらずの涼しい顔でこちらを眺めていた。いつの間にか消えたと思っていたが――決闘騒ぎが馬鹿馬鹿しくて離脱しただけだと思っていたが、どうやらヒルダを呼びに行っていたらしい。彼女は何がユディトに一番効くのか理解しているのだ。

ヒルダがユディトの前で立ち止まった。

「どういうことですか！　説明なさい！」

今にも泣き出しそうな声で怒鳴る。よほど怒らせてしまったのだろう。ユディトは申し訳なくなって深く首を垂れた。

「こんな騒ぎを起こして！　皆も止めなかったのですか⁉」

誰も何も言えなかった。

「あのな、ヒルダ、俺は自分からは何も――」

「言い逃れをするのですか！」

アルヴィンが弁明しようとしたが、ヒルダは突っぱねる。

「お兄様も、二十五にもなってこのようなことをしでかして！　恥ずかしいとは思わないのですか？」

「突っかかってきたのはこいつだ」

「少年のような言いわけはおやめなさい！　どのような事情があろうとも年下の女性を地面に組み敷いていたことに変わりはありません！」

十四歳の義妹《いもうと》に叱られ、アルヴィンもうなだれた。

「ユディトも！　場合によっては謀反《むほん》です、アルヴィン兄様も一応わたくしの兄ですよ？」

「まことに申し訳ございません」

ちらりとヒルダの顔を盗み見ると、ちょうど彼女の頬にひとしずくの涙がこぼれたところだった。よほどショックだったようだ。あまりのことにユディトは消えてしまいたくなった。彼女のために生きてきた自分が彼女を傷つけてしまったのだと思うとつらくてつらくてたまらない。

「どうしてこのようなことになったのか、説明なさい」

「どういうことでございますか⁉」

母ヘルミーネの寝室に押し入ってまず、ヒルダはそう怒鳴るように問い掛けた。

ヘルミーネは窓辺の椅子に座っていた。喪服の黒いドレスだが寝間着ではない。侍女が彼女の髪を整えようとしている。とりあえず最低限のことをして人前に出る気にはなったようだ。

ユディトの胸は痛んだ。

ヘルミーネの肌はくすんでくたびれていた。口元にはくっきりと法令線《ほうれい》が刻まれている。目元には濃い隈《くま》と小じわがある。

彼女ももう四十を過ぎた中年の女性だ。しかも日夜の政務と十回の出産で疲れ果てている。先日までの気丈で美しく若々しい彼女はたゆまぬ努力で作り上げてきたものであってあたりまえのものではない。しかも、ルパートという杭《くい》を抜かれてバランスを崩してしまった。痛々しい。

しかし娘のヒルダはまったくひるまなかった。淑女らしからぬ大股で母に歩み寄り、「とんでもないことを」と怒鳴った。

ユディトとアルヴィンはヒルダの後ろを黙ってついてきていた。一応当事者なのでヒルダについてくるようにと言われていたのもある。同時に、ヒルダのあまりの怒りように何かあったら彼女を止めねばならないと思っているからでもある。

野次馬たちは解散した。ユディト側はエルマとクリス、アルヴィン側も二人の近侍がついてきたが、その四人は外野として扉の外で待機だ。

「ヒルダ？　どうしたのですか」

「とぼけないでください！　お母様ったら、なんと惨《むご》いことを！」

ヘルミーネが力なく視線を動かした。ヒルダの後ろにユディトとアルヴィンが立っている。その二人を順番に見た。そして、「ああ」と息を吐き、自分の額を押さえた。

「あなたたち、ヒルダに事情を話したのですか」

クリス経由でヒルダに伝わったのち詳細を白状させられたのだが、そういう言いわけを女王の前でするのは見苦しい。ユディトはあえて説明を省いて「はい」と答えた。

「申し訳ございません」

「いいえ、謝る必要はありません。遠からず知られることではありましたし、もともと口止めをする気はありませんでしたよ」

言われてみればそうだ。ヘルミーネはひとに話すなと言ったわけではなかった。ユディトが勝手に密命を帯びた気になっていただけだ。なぜそんな勘違いをしたのだろう。やはり、子供を産むということが、王家にとんでもない動乱をもたらす、という認識があったからではないか。密《ひそ》かに産んで、黙って子供を献上する、と思っていたからではないか。

「どう説明したのですか。この子は何をこんなに怒り狂っているのです」

冷静に問われて、ユディトとアルヴィンが顔を見合わせてしまった。

「それが……、陛下が、子供を産むようにおっしゃられた、と。王家のために――アルヴィン様の御子を産めば陛下が孫として引き取って王位継承者としてお育てになる、と」

「それだけですか」

するとアルヴィンが口を開いた。

「あんたが俺を種馬にしてこいつを子を産む道具にしようとしたから問題になったんじゃないか」

あまりの物言いにユディトは頭が沸騰《ふっとう》しそうになったが、ヘルミーネがなおも冷静だったので堪《こら》えた。

「まあ。それはそれは、大問題ですね。そういう解釈をしていたなら、私はさぞかし冷酷な暗愚《あんぐ》の王に思われたことでしょう」

何か思い違いがあったのだ。

「あなたという子は、ひとの話を聞かない、お馬鹿さん」

ユディトはおそるおそる問い掛けた。

「では、陛下はどのようなおつもりで？　やはりお戯《たわむ》れだったのですか？」

「いえ、私は真剣でしたよ。でなければこのようにあなたたちの人生を変えてしまう命令など下しますか」

はあ、と溜息をつく。

「あなたたちにとっても良い話だと思ったからこそ言いました。それがそう受け取られたということは、私は私があなたたちにとって恐ろしい女王であったと思わねばなりませんね」

彼女を傷つけてしまっただろうか。

ユディトは慌てて「さようなこと！」と否定しようとしたが、口下手なユディトでは次の言葉が出てこない。

「あら。ではお母様はどのようなおつもりでしたの？」

ヒルダはあっという間に本来の落ち着いた顔を取り戻して母に問い掛けた。

ヘルミーネが答えた。

「アルヴィンとユディトに子供を作らせようとしたのは本当です」

女王もあくまで冷静だ。

「王家のために男児が必要であることには間違いありません。しかし私はもう四十、夫も亡くなって、今から再婚というわけにはいきませんから、次の世代のことを考えて若者に未来を託そうと思ったのです」

「ですが、それではやはりユディトを子供を産む道具にして――」

「そうなったらユディトは次期国王の母ですよ。国母です」

言われてから気づいた。

「ユディトほど私やヒルダに尽くしてくれる女性はいません。その働きに報いるだけの地位を与えましょう。ユディトであれば政治的におかしな発言をして国内を混乱させるということもありません。私はユディトこそと思っているのです」

ヒルダが押し黙った。

「アルヴィンも。あなたが王位継承権を放棄してしまったから。せめてあなたには次の王の父親として政治に携わってほしいと思ったのです。あなたの子が、私の跡を継ぐのですよ。それが母としてあなたに与えられる最高のプレゼントだと考えてのことです」

少ししてから、アルヴィンが口を開いた。

「俺の子供が王位を継ぐなんて国の誰も認めないだろ。だって俺は――」

「何度言わせるのですか」

ヘルミーネは毅然とした態度で言い切った。

「他の誰がなんと言おうとも、あなたは私の子です。あなたは王家の一員、王家のために結婚し子をなす務めがあります。それが義務であり、権利です」

アルヴィンもユディトも押し黙った。

「確かに申し訳なさもあります。二人の寝室に踏み込んで、子をなせ、とは、少し失礼ですね。しかしそれが王族というもの」

彼女は「それに」と続けた。

「結婚とは親が決めるものですよ。アルヴィンの母である私と、ユディトの父であるシュテルンバッハ卿《きょう》が話し合って、決めたことです。これは理性的で、道徳的で、常識的な、あるべき形の、祝福された取り決めなのですよ」

ユディトは驚愕《きょうがく》した。いつの間に父まで根回しされていたのだろう。それでは本当に逃げられないではないか。

そこまで思ってから、自分はどこかで逃げたいと思っていたのだろうか、と自問自答した。

本当は、本当のところは、本音は――自分で自分がわからなくなる。

「結婚？」

アルヴィンが久しぶりに口を開いた。

「ちょっと待て、今、結婚って言ったか？」

ヘルミーネが「はい」と答えた。

「俺……、結婚するのか？」

今度こそヘルミーネが驚いた顔で「ええ」と言った。

「何を言っているのですか！　すべて結婚した上での話です！」

合点がいったらしく、ヒルダが手を叩いた。

「そうだったのですか！　そうならそうだと早くおおせになられませ！　わたくし、てっきりユディトとアルヴィン兄様にからだの関係だけ持たせて庶子を作らせようとしているのだと思ってしまいましたわ！」

「なんて恐ろしいこと！　そのような馬鹿げたことがありますか！」

ヘルミーネが立ち上がった。

「あなたたちは婚約したのです」

女王も女性のわりには背が高いとはいえ、ユディトとアルヴィンのほうがずっと大柄のはずだ。

だが、この時ばかりは、女王が自分たちの倍以上大きいように感じられた。すさまじい威圧感だ。

ヒルダは納得したらしく頷いた。

「それなら仕方がありませんわね。子を産むのは王族男性の妻の務めですよ。ユディト、励みなさい」

ユディトの中で、雷鳴が轟《とどろ》いた。

アルヴィンもついていけていないようだ。意味もなく手を振りながらもう一歩分ヘルミーネに近づいた。

「どうしてそういうことを俺の意思を無視して勝手に決めるんだ」

ヘルミーネが目を細めて口を尖《とが》らせる。

「そうでもしなければ結婚しないでしょうが」

「そういうことをするからルパートは出ていったんだろう？」

「ルパートは結婚に向いた性格ではないので無理強いして可哀想なことをしたと思います。私はもっと子の性格を考慮して話を進めねばならないと思いました。で、熟考した結果、あなたこそむりやりにでも結婚させるべき子だと判断したのです」

唖然《あぜん》としているアルヴィンをよそに、ヒルダが嬉しそうに手を叩く。

「そうですわね！　お母様の言うとおり！」

ようやくヘルミーネが穏やかな笑みを浮かべた。

「私はアルヴィンにはユディトがもっともふさわしい花嫁であると思ったのですが、ヒルダ、どう思われますか？」

ヒルダは明るい声で答えた。

「わたくしもそう思います！」

――こうして、アルヴィンとユディトの婚約はユディトの主君たちにより強引にまとめられたのであった。

第二章　一番自分らしいと思う姿

春の空気はうららかで、つい最近この宮殿の主《あるじ》の長男が失踪したばかりとは思えないほど穏やかな陽気で、中庭に置かれた白いテーブルと椅子のセットで午後のコーヒーブレイクを味わうのにも適している。

目の前でげらげら笑う男の様子を眺《なが》めて、アルヴィンは溜息をついた。

この男はいつもそうだ。アルヴィンがどれだけ真剣に、深刻に、重々しい気持ちで苦悩し葛藤しているか考えずに、なんでも笑い飛ばしてしまう。もっと言えば、彼は思い悩むアルヴィンの人生をコメディだと思っている。

「ひー、笑った。ああ笑った。今年最大級の笑いをありがとうございます」

「ふざけるなよ、ロタール」

男——ロタールが笑いすぎて出てきた目元の涙を拭った。

「俺は真剣に悩んでるんだぞ」

「その真剣なのが笑っちゃうのでもう勘弁してください」

「別に俺はお前を笑わせたいわけではなくてだな——」

「はいはいわかります。わかっていますよ。僕がギャグだと思っているだけでアルヴィン様はシリアスなんですよね。わかってますってば」

思い出し笑いか、テーブルをばんばんと叩きながらふたたび笑い始める。

「この世の終わりみたいな顔をしてると思ったらこれだからさぁ」

アルヴィンはもう一度溜息をついた。

今のこいつに真面目な話をしても無駄だ。

ロタールはアルヴィンの乳兄弟《ちきょうだい》だ。ロタールのほうが何カ月か先に生まれたがほぼ同い年で、アルヴィンが十歳になるまでロタールの母親である乳母の家でともに育てられた。十五歳から三年間士官幼年学校へ、卒業してから四年間士官学校へ通ったのも一緒であった。今も、ロタールもアルヴィンも、王国軍の軍服である黒い詰襟の服を着て軍刀のサーベルを下げている。

この世で一番近しい存在であり、一番の理解者で、一番の親友である——と思いたいが彼はいつもこうしてアルヴィンの真面目な話を大笑いする。

アルヴィンもよせばいいのにと思っているが、結局一番構ってくれるのが彼のため、最終的には彼に何もかも打ち明けてしまうのだった。

ロタールが「ああ、おっかしい」と呟きながらテーブルの上のコーヒーカップに手を伸ばした。カップのへりに口を近づけようとする。

「飲み物を飲んでいる時は笑わせないでくださいね?」

「笑いを取ろうと思って喋《しゃべ》ってるわけじゃない」

ロタールの手が笑いで小刻みに震えている。よほど面白いらしい。

彼の姿を眺める。

アルヴィンほどではないが背が高く、すらりと手足が長い。長く艶やかで柔らかい栗色《くり》の髪は緩くひとつに束ねられていて、同じく栗色の瞳を守る睫毛《まつげ》は濃かった。ともすればやや女性的と言えなくもないが、女性好みの優男だろう。中身は、アルヴィンとは正反対で、物腰柔やかで口がうまい。昔から女性にはよくもてた。

いつも、それに比べて自分は、と思ってしまう。

背は高ければいいというわけでもないだろうというほど高く、雑念を振り切るために鍛え続けた肩や背中は筋骨隆々としている。黒い髪は硬くまっすぐで、ヘルミーネや義妹たちに「どうしていつも怖い顔をしているのですか」と言われるくらい笑顔が苦手で愛想よくできない。

挙句の果てには――この紫の瞳は呪いの証《あかし》だ。

アルヴィンも、コーヒーを一口含んだ。

幼年学校に入ったばかりの頃には先輩の真似《まね》で苦さを我慢して飲んでいたコーヒーも、今は飲むと心が落ち着くのを感じる。一応成長はしているのだろう。

だが、時々、自分が本当に大人になれているのか考えてしまう。体格が良くなっても、コーヒーが飲めるようになっても、自分には何か欠落している気がしてならない。

「――この俺が結婚など」

カップをソーサーに下ろして、何度目かもわからない溜息をついた。

「俺は家庭を持つべきじゃないと思う。彼女を不幸にしてしまう。俺は、呪われている」

「それ。そういうの、どうして幼年学校を卒業する時に一緒に卒業しなかったんです？　そういうのが許されるのは十八歳くらいまででしょう」

「そういうのって何だ」

「世界で一番不幸そうとでも言いますか——一周回って不幸な自分がお好きなんですよね？」

遠回しにひどい自己陶酔《とうすい》に陥っていると言われている気がした。アルヴィンはほのかに怒りを感じてテーブルの上で拳を握り締めた。

だがロタールの言うこともあながち間違っていない。アルヴィンは世界で一番自分自身が嫌いだが、裏返せば、自分のことが一番気になるということでもある。

「いいんじゃないですか、軽い気持ちで結婚すれば」

ロタールがまた、先ほど一度ソーサーに置いたコーヒーカップを手に取る。

「それこそ、まあこんなこと女性に対して失礼なのでここだけの話にしてほしいんですけど、産むのは彼女であってアルヴィン様じゃないですからね？」

次の時、彼はこんなことを口にした。

「種付けだけして逃げることも不可能ではないんですよ」

一瞬脳味噌《みそ》が沸騰するかのような怒りを覚えた。思わず本気でテーブルを叩いた。

「俺がそんなことをすると思っているのか」

想像以上に低く鋭い声が出た。

許せなかった。それは、あってはならない、最大の禁忌だ。アルヴィンの父親がアルヴィンの母親とアルヴィンに対して取った、最悪の行為なのだ。

ロタールはふわりと笑った。

「いいえ、まったく」

その声も、細める目も、優しい。

「そういうアルヴィン様だからこそ、結婚させたいんじゃないですかねえ。アルヴィン様は、根は優しくて、責任感が強くて、何より、家族というものは何か、深く考えておいでですから。だから、王家のためにと言って作った子供でも、なんとか愛そうとするのではないか、とお思いになられたのではないでしょうか」

ロタールは、誰よりもアルヴィンを理解してくれているのだ。

「アルヴィン様はなんでもぐるぐるお考えになってしまうから」

今度こそ、ロタールの手元のコーヒーカップは空になった。彼はそっとソーサーにカップを戻し、肩をすくめた。

「僕はそのユディト嬢と直接の面識がないので憶測《おくそく》で申しますが、彼女はそういうアルヴィン様の思考回路をずばーっと一刀両断にしてくれるタイプの女性なんじゃありませんか？」

問い掛けられて、彼女のことを思い出す。

確かに、良く言えば明快でシンプルな、物事を深く考えるのが苦手そうな女性だった。

アルヴィンはそういうタイプが嫌いではなかった。

代わる代わる挨拶に訪れる令嬢たちはいつも柔らかな笑顔に婉曲《えんきょく》的な物言いを好む。顔色を窺《うかが》うのが苦手なアルヴィンは相手をするのにてこずっていた。ロタールに託して逃げたこともあるくらいだ。相手がユディトならああいう苦労はないだろう。

「図星だ。あー僕は本当にアルヴィン様のことはなんでもわかっちゃうんだなあ」

「お前少し黙れ」

「しかもヘリオトロープ騎士団の第三王女護衛官筆頭。飽きませんねこりゃ」

予想外の単語が出てきたので、アルヴィンは眉間にしわを寄せた。

「護衛官、筆頭？」

「あれ、ご存じないんです？」

ロタールが小首を傾《かし》げる。

「ユディト・マリオン・フォン・シュテルンバッハでしょう？　ヘリオトロープ騎士団の中でも最強と謳われる女騎士ですよ。次期女王と目されるヒルデガルト王女の鉄壁。斬り捨てた賊は数知れず、男性騎士でもまったく歯が立たない。恐れをなさぬ様からついたあだ名は猛将」

「猛将って女につくあだ名かよ」

「ヒルダ姫の周囲を固めるヘリオトロープの騎士はみんな優秀な人材を揃えていると聞きますけどね」

親指を立てる。

「たとえばエルメントラウト・アドラー。平民の出でありながら入団試験では優秀な成績を収める。

ユディト・マリオン・フォン・シュテルンバッハに次ぐ剣の腕を見せ、一説によれば体術では彼女以上の力を発揮するとの噂《うわさ》。諜報《ちょうほう》任務を得意とする情報屋でもある。ヒルダ姫の行く先々を『掃除』するのはもっぱら彼女」

ユディトの隣にいた、へらへらとした笑みを浮かべた赤毛の女を思い出した。あのひょうきんそうな様子からは考えられない。

人差し指を立てる。

「それからクリスティーネ・フォン・ローテンフェルト。大貴族ローテンフェルト家のご令嬢。幼少の頃から三カ国語を話し士官学校レベルの学問を修めて神童と謳われ、ヘリオトロープ騎士団の頭脳として扱われる。剣の腕もさることながら弓矢も並ぶ者のない技量。ヒルダ姫のご公務で一番近くに控えてともに貴人に挨拶をするのは彼女だ」

同じく、ユディトの隣にいた、銀髪の美しい女を思い出した。人の心がなさそうな冷たく鋭い物言いだった。自分たちが決闘している間に黙ってヒルダを連れてきたのも彼女である。頭の回転は速そうだ。

「敵に回しちゃいけないヒルダ姫三人衆」

「もっと早く言ってくれ」

「興味がなさそうだったので言いませんでしたすみません。僕もまさかこんなところで絡みが出てくるとは思っていませんでしたし……しかもよりによって猛将ユディトかぁ」

手を叩いて「盛り上がってきました！」などと言う。何が盛り上がってきたのかさっぱりわからない。

「まあ、でも、可愛らしい女性なんじゃないですか？　好きな食べ物はいちごタルト、ミルクたっぷりの紅茶をよく飲む。実家のご両親との関係は良好」

アルヴィンは目をしばたたかせた。

「胸の大きさは可もなく不可もなし。アルヴィン様は控えめなほうがお好きですもんね、よかったですね。年齢は三つ下、身長差は十センチと少し。ぴったりだ」

「ちょっと待て、お前、直接の面識はなかったんじゃないのか？」

ロタールが軍服の胸ポケットから一通の封筒を取り出した。

「なんと、さっそくのタレコミが」

「誰からの⁉」

「エルメントラウト・アドラー嬢です」

アルヴィンは頭を抱えた。自分の知らないところで、いつの間にかアルヴィンの周りで一番情報通のロタールと、ユディトの周りで一番情報通のエルマが手を組んでいたのだ。

「これからは情報戦の時代ですよ」

「何の戦いだ？」

「僕もアルヴィン様の情報をしたためてエルマに渡しました」

「何を告げ口した⁉　あといつからエルマなどと馴れ馴れしく愛称で呼ぶ関係になったんだ！」

コーヒーカップののったソーサーを持ち上げて、ロタールが立ち上がった。

「面白くなってきたなー」

言いながら建物の中に入っていくその足取りは確かに楽しそうに弾んでいて、アルヴィンはそれ以上何も言えなかった。


リヒテンゼー伯アーダルベルト・フォン・シュテルンバッハは愛妻アントニアとの間に四人の子宝を授かった。二十二歳の長女を筆頭に、十九歳の長男、十六歳の次男、そして十三歳の末娘の次女、という、男の子二人女の子二人の理想的な家族構成である。

四人の子供はいずれも健康で、大きな病気はすることなく育った。敬虔《けいけん》な夫婦は、四人が四人とも無事に成長したことを神に感謝し、教会にそこそこの額の献金を行った。

夫婦が熱心なのは信仰だけではない。

シュテルンバッハ家は先祖代々武人の家系である。キリスト教がこの地に伝来した時代から馬上で戦ってきた。今の王家が興ってからも、かれこれ百年ほど、王に軍人としてよく仕え重んじられている。

その伝統を受け継がせるため、二人は子供たちにあらゆる武術を学ばせてきた。特に次期当主の長男とその補佐たる次男を厳しく教育したが、娘たちにも剣を持たせ、馬に乗らせ、夫が不在の時には家を守るため女であっても戦いなさいと教え込んできた。

夫婦の願ったとおり、長男は王国軍士官学校へ、次男も士官幼年学校へ上がった。

そして幸か不幸か長女も、ヘリオトロープ騎士団に所属する第三王女護衛官筆頭として、弟たちより、下手したら父親よりも武の道で名を馳《は》せてしまった。

何せあのヘリオトロープ騎士団だ。王女を直接護衛するという名誉な務めではあるが、嫁には行けないだろう。そう思っていたところに、予期していなかった縁談が舞い込んできた。

「良き妻、良き母として、立派に励むのだぞ……っ」

父の言葉が最後涙で滲んだ。年のわりには筋骨隆々としてなかなか衰えない体軀《たいく》に整えられた立派な口髭《くちひげ》の、武骨な大男の父が、である。戦場では軍神のごとく、東国の敵軍兵士や南方の蛮族をばったばったと薙ぎ倒し、国で一番と言っても過言ではないと謳われた軍人の、父が、である。

「あのユディトが嫁に行くとは……剣術の師の息子をぼこぼこに叩きのめし、弟たちや従兄《いとこ》弟たちを腕力で黙らせてきたあのユディトが……！　この子はもともと男として生まれついたものと自分に言い聞かせて今日までやってきたが、わしの早とちりであったようだ……」

その隣で、母は父より激しくむせび泣いていた。ユディトと同じ亜麻色の髪をきっちりとまとめ上げ、貴婦人らしく完璧な化粧を施《ほどこ》していたというのに、もはや何もかもがぐちゃぐちゃだ。

「騎士団に入ると決めた日、私たちが止めるのも聞かずに長く美しかった髪をばっさりと切り落とした時のことが、昨日のことのように思い出されますよ。あの時私たちはお前は僧兵に——いえ、修道女になったものと思っていろんなことを諦めました。それこそ、女として産んでしまったことを詫《わ》びねばならないと、男として産んであげられなかったことを申し訳ないと思っておりましたが、女の子で本当によかった……」

ひどい言われようだ。

食卓を挟んで向かい側、両親を眺めているユディトは、複雑な心境だった。

「いえ、まだ嫁に行くことを正式に承諾したわけでは――」

「案ずるな、婚礼道具はすべてわしらで揃えようぞ。このリヒテンゼー伯爵家の威信をかけて、世界中から王家に見劣りせぬ品々を集めてやる」

「お前のためにウエディングドレスを発注する日が来ようとは……！　舞踏会用のドレスすら要らなかったお前のために、一足飛びでウエディングドレスを……！」

「だから、父上、母上。私の話を聞いていただきたい」

「初孫がお前の子供になろうとはな。洗礼は三度執り行うぞ、大聖堂、王家の教会、リヒテンゼー聖母教会だ」

「お前たちが使っていた揺りかごはまだありますよ。息子の嫁にやろうと思っていましたが、先に結婚するお前に授けます」

両親にとって結婚は確定事項らしい。もう孫までできた気でいる。

ユディトは溜息をついた。

実のところ、ユディトは冷静になってしまっていた。あの時は勢いと忠誠心から子供を産むなどと豪語してしまったが、我に返って、撤回したくなったのである。

ユディトは永遠に結婚する気などなかった。一生涯ヘリオトロープの騎士として戦う気でいた。お嫁さんになりお母さんになるという甘っちょろいことに興味はなかったし、もっと言えば恐怖さえ感じていた。自分が自分でなくなる感覚だ。

ウエディングドレスを着るところを想像した。

化粧をするのだろうか――顔に何か塗るというのが気持ち悪い。デコルテを出したドレスを身に纏うのだろうか――肩も腕も並の男よりたくましい自分の体で、か。結い上げるために髪を伸ばすのだろうか――鬱陶《うっとう》しいことこの上ない。

自分は戦うことに最適化された人間だ。絶望的なくらい、花嫁が向いていない。

挙句の果てに――子供を作るということは、男と同衾《どうきん》する、ということである。

どんなふうに触れられるのだろう。

鳥肌が立つ。

「この縁談、すぐにお受けになられたのか」

問い掛けると、父は即答した。

「もちろんだ。心配は無用だぞ」

「父上と母上こそ心配なさらなかったのか」

「何をだ」

「私がちゃんと妻として母として振る舞えるか、とか……」

両親とも一瞬黙った。その沈黙が何よりもの肯定だ。

「女は健康が一番だ。ばんばん子を産まねばならないからな。お国のためだ、産めよ殖やせよ」

「私には健康であることしか取り柄がないかのようなおっしゃりようだな」

「これからいくらでも勉強できますよ、お前は素直な子ですから、努力すればなんとか取り繕《つくろ》えましょう」

「取り繕うという言い方がまた胸にくるものがある……」

母が問うてくる。

「お前は自信がないのですか」

そして少し不安げな顔をした。

「アルヴィン殿下がお前をと望まれたのでしょう。胸を張ってお受けしなさい」

想像以上に話がねじ曲がっていた。

「お決めになったのは女王陛下だ。私もアルヴィン様もまったく考えていなかった。まったく、微《み》塵《じん》も、これっぽちも」

両親が揃って目を丸くして「なんと!」と声を漏《も》らした。

「では、なぜお前が？　わしらはすっかりアルヴィン殿下に見初められたものとばかり思っておった、何かすごい、気まぐれか、過ちがあったのだと。ヘリオトロープの騎士には美しくて気立てのいいおなごはいないのか？」

「父上、それはありとあらゆる方向に失礼だぞ」

溜息をついて呟く。

「私が聞きたい」

「知らないのですか」

「そう。私は、知らない」

「おお……なんということ……」

母がまた目元の涙を拭った。今度の涙は先ほどの嬉し涙とは違うもののようだ。

「はっきり言って、父上から陛下に申し上げていただきたいのだ。この縁談をなかったものにしてほしい、と」

父も悲しそうな顔をした。そんな表情を見てしまうと胸が痛む。しかしここでひるんでは今日実家に帰ってきた意味がない。

「私は生涯ヒルダ様をお守りするために生きる、嫁に行って家庭に入って子育てに追われる人生は送りたくない。だが陛下にそう奏上しても縁談とは親がまとめるものとおっしゃって頑としてお譲りいただけない。そこで父上に頼みにまいったのだ」

両親が顔を見合わせた。母は力なくはらはらと涙を流している。父は眉間にしわを寄せて渋い顔をしている。

ユディトも悲しかった。

両親とも、ユディトがヘリオトロープの騎士として活躍していることを誇りに思ってくれていると思っていた。ヒルダに一心に仕え、彼女を守り、戦う自分を、由緒正しい騎士の家系の娘としてふさわしい姿である、と認めてくれているものだと思っていたのだ。

いまさら、実は結婚してほしかった、と言われるのがつらい。騎士として生きてきた自分の数年間が否定されたように感じてしまう。

同時に、自分が真の意味では両親を満足させられない娘であると思わせられる。

自分は両親に大事にされて育った。武術の稽古や礼儀作法には厳しいところもあったが、二人が愛情深く接してくれていることはわかっていた。その両親の望みである、結婚して孫を見せる、という行動を取れない自分が悔しい。

ややして、父が、厳格で勇壮な騎士らしい、引き締まった表情に低い声で言った。

「お受けしろ、ユディト」

真剣で重々しい話になったことを察して、背筋を正した。

「家臣の身で女王陛下のご真意を測るようなことがあってはならん。陛下がそうお決めになられたのであれば黙ってお受けするのだ。ましてお前は、ヘリオトロープ騎士団に加入する際、心身を王家に捧げると誓った身。つべこべ言わずに剣を捨てて赤子の肌着を縫《ぬ》え。お仕えする形式が少し変わっただけのことと思え」

軽く首を垂れ、黙って父の言葉を聞く。

「我が家にとっても良い話ぞ。シュテルンバッハ家から王族を輩出する。万が一のことがあれば次の王の母になるやもしれぬ。武功ではないがそれもまた家を盛り立てるひとつの道。むしろ我が家の格を上げることにつながるのだ」

今度こそ、逆らうようなことは言えなかった。

「まこと、父上のおっしゃるとおり……」

「――厳しいことを言ったが」

父の声が少し柔らかくなったので、顔を上げる。

「それがおなごの幸せぞ、ユディト。温かい家庭こそ何よりだ」

「父上……」

「アルヴィン殿下は真面目で責任感の強いお方だ。何より剣の腕が立つ。武人たるもの、ああであってほしいと思うような、息子たちにも見習ってほしい男だ。これ以上の贅沢《ぜいたく》はあるまい」

それは、ユディトも知っている。口は悪いしどこか斜に構えたところはあるが、悪いやつではないだろう。

加えて実際に剣を合わせて彼の強さを実感した。あの男の腕は本物だ。力だけだったら押し負けていたかもしれない。

自分より強い男なら屈して抱かれるのか、と思うと色気がないが、他に何の基準があるかと問われると思いつかないのがユディトだ。

「とにかく、どう転んでもいいように支度しましょう」

母がわざと明るい声を出す。

「社交の場に主役として出ても恥ずかしくない淑女として鍛え直さねば。この母が妻とは何たるものかお前に教えます。たとえ今回の件が破談になっても無駄なことではないと思いますよ。ヒルダ姫にしばらく里下がりさせていただくよう願い出なさい」

ユディトは力なく頷いた。

「あっはっはっは」

笑ったせいで、エルマの手を離れた矢はあらぬ方向に飛んでいった。教練場の的の前なので矢の回収はさほど大変ではないが、笑われたユディトは腹立ちまぎれに「矢を無駄にするな」と怒った。

「いや、いいんじゃん？　実家帰れば？」

エルマが軽いノリで言う。あまりにも簡単だ。

ユディトは「だが――」と反論しようとした。

しかし今度はクリスがこんなことを言ってきた。

「こちらとしては問題ありません。どうぞお帰りください」

いつもと変わらぬ涼しい顔だ。

「お前ら、私を帰そう帰そうとしていないか？」

「そりゃ被害妄想だね」

もう一本、新しい矢を弓にセットする。

「とりあえず寄宿舎を出るってだけでしょ？　さすがに今すぐ騎士団を辞めるって言われたらビビるけどさぁ、ユディトの実家、近いじゃん。通勤圏内じゃん」

ユディトの生家であるシュテルンバッハ家本宅は、旧市街の郊外、大昔に城塞があった丘の麓《ふもと》にある。宮殿の近くにあるヘリオトロープ騎士団の寄宿舎とは、馬に乗れば片道一時間弱の距離だ。

馬車で三日かかるリヒテンゼーから通うわけではない。リヒテンゼー伯はリヒテンゼーが領地というだけでそこに住んでいるわけではないのである。

「夜勤くらい、あたしらでなんとか回すよ。実際今シフトがちゃんと回ってるからあたしら三人がここでおしゃべりしてられるわけだし」

エルマの言うとおりだ。ヒルダ付き専属護衛官は全部で九人おり、平時は三人ずつ三交代制で勤めている。もちろんイベントがあれば全員出ずっぱりだが、ユディトは普段丸一日ヒルダに張りついているわけではなかった。

「おしゃべりではありません。弓の鍛錬です」

「はいスミマセン。そうでした。真面目にやります」

クリスが矢を放った。ヘリオトロープ騎士団随一の名人である彼女の矢は、見事一発で的の真ん中に突き刺さった。

「私はユディトは実家に帰るべきだと思います。そう考える理由は大別してふたつ」

鋭い目つき、冷静な表情で的を見つめるクリスの横顔は端正で、美しい。

「ひとつ。王家の一員になる以上はそれ相応のマナーの習得が必要です。私はあなたにはそれらのものが欠如していると考えます。あなたは少し雄々しすぎます。伯爵夫人からふさわしい教育を受けるべきです。まずは歩き方から矯正することをおすすめします」

「手厳しいな」

「ふたつ。王族になれば人との交流が制限されます。ご成婚後あなたとアルヴィン殿下がどちらにお住まいになるかは存じませんが、気軽にご実家に戻られる機会はなくなるかと」

クリスのアイスブルーの瞳が、ユディトのほうを向いた。

「あなたの場合、ご両親があなたのことを気に掛けています。しかし人はいつ死ぬかわかりません。いわゆる親孝行というものを、今のうちにしておいたほうがよいのではないでしょうか」

彼女の氷色の瞳や一切変化しない表情に感情の揺れ動きは見えない。けれどこういう時、ユディトはいつも、本当はクリスも血の通った人間であることを思い出す。

エルマが第二射を放った。

「クリスの言うとおりだよ。会って喋れる親がいるんだったら、会っておいたほうがいいんじゃない？」

その横顔は普段明るく能天気な彼女とは打って変わって背筋が寒くなるほど冷たい。彼女も心の奥に底知れぬ何かを抱えているのを想像させられる。自分には考えられないほどの逆境を乗り越えてきたエルマの人間としての深さを感じるのだ。

「それにさ、ユディトの場合、結婚する前にまっとうな人からまっとうな形でそういうことを教わったほうがいいんじゃないの」

ぼかした表現で言われたので、どういう意味かわからなかった。

「そういうこと、とは？」

エルマがこちらを向き、にたりと笑う。

「閨《ねや》教育ってやつよ」

「ねや……？」

「性教育だよ、性教育。夫婦の夜の営みって何をしたらいいのかとかだよ」

一瞬、何を言われたのかわからなかった。

夜の営みとは。

「見分けるべき殿方のサイン、ベッドでの振る舞い、可愛がられるには――総合すると子供の作り方ってことよ。何も知らずにアルヴィン様とどう愛し合うって？」

頬が熱い。今おそらく顔が真っ赤になっている。

本当にまったく知識がないわけではない。大雑把な子供の作り方はわかっている。だが、エルマの言うようなことについては確かにわからない。

そういうことを話す耳年増の同僚も多いが、ユディトは意図的に避けてきた。下品で不潔なことだと思っていたからだ。清らかなヒルダの耳に入れるわけにはいかない。それに自分とは一生縁のないことだ。その場に居合わせたら時として発信源の同僚を叱ることもあった。ヘリオトロープ騎士団の人間として高潔でいるためには遠ざけておくべきことのはずだ。

ところがそれが明日は我が身になってしまった。

「いや、あたしが教えてあげてもいいんだけどさ？」

「やめておくことをおすすめします」

クリスが言いながら次の矢を引き絞った。

「ユディトの性格上あなたがそういう話をすると嫌悪《けんお》する可能性があります」

クリスのその言葉を聞いてから、ユディトは眉間にしわを寄せた。

「エルマには説明できるほどの経験があるのか……！」

ユディトに言われて気がついたらしい。肩をすくめて頬を引きつらせる。

「いや、みんな、ないの？」

矢を放ったのち、非常に落ち着いた顔でクリスが答えた。

「ございません。ヘリオトロープの騎士たる者、王女様方の手本となるよう、清純かつ貞潔な乙女であるべきだと考えています」

「そ……そうだよね！　あはは！　そういうことにしよ！」

「待てエルマ！　貴様どういうことだ？　いつどこで誰と何を？」

「ちょっと、ちょっと待って、念のため確認しておくけど、別にそういう規則なかったよね？　バレたら除名とかないよね、あったらあたしいつ首が飛んでもいいように荷物まとめなきゃだし？」

相変わらず涼しい顔をしたクリスが冷静な回答をする。

「禁止はされていませんが非推奨です」

笑ってごまかそうとするエルマが許せなくて、ユディトは彼女の胸倉をつかんだ。

「貴様ヒルダ様のお耳に入れられないようなことをしでかし――」

「わたくしがなんですって？」

はっとして声のしたほうを向いた。ヒルダが建物の中から歩み出てきたところだった。少し困った顔をしている。

「おやめなさい、ユディト。あなたという人はどうしてそう腕力に訴えようとするのです」

慌てて手を離して片膝《ひざ》をついた。

「申し訳ございません」

エルマとクリスも弓を置き、ユディトの左右に控えてひざまずいた。

ヒルダの後ろからさらにもう一人がこちらに向かって歩いてきていた。黒髪に紫の瞳の、背の高い男――アルヴィンだ。

アルヴィンと目が合った。

日に焼けた肌、厚みのある胸、大きな手、厚い唇をしている。黙っていればそこそこの美丈夫だと言えた。

彼を見ていると、エルマの、どう愛し合うのか、という言葉が、頭の中をぐるぐると回る。どのように触れるのだろう。可愛がられるとは、いったい何をどうすることを指すのか。

あの唇が、あの手が、あの体が――

顔が熱い。

「ユディト、どうかしましたか?」

「いっそ殺してください」

「何を言いますか」

「こいつ今ちょっとおかしいので真に受けないでください」

エルマがそんなことを言う。助け船にしては乱暴だが、いつもこうしてエルマの軽口に助けられているので仕方がない。

「そうですね、結婚が決まったばかりでふわふわしているのでしょう。構いませんよ」

「たいへん申し訳ございません……！」

「むしろ、その話をしに来たのです」

そして、首だけで振り返って微笑《ほほえ》む。

「ねえアルヴィン兄様」

アルヴィンが溜息をついた。

「陛下が、婚約お披露目パーティの日取りを決めろ、とのことだ」

額から後頭部に何かが抜けていくようなショックを受けた。

「婚約お披露目パーティとは？」

「俺が聞きたい」

間にいるヒルダだけが楽しそうに笑っている。

「兄様とユディトの婚約を国中に祝福していただこうと思いまして！　盛大なパーティをしましょう！」

硬直しているユディトの両脇で、エルマが「さすが陛下、親のみならず国民全部を巻き込んできた」と、クリスが「堀が埋まり始めましたね」と呟いている。

「そ……、そのようなこと、ご無用です。このユディト、いまさら逃げたりなど致しません」

逃げようと思って親に会いに行ったことはなかったことにした。

「さすがにお披露目は、恥ずかしく……っ」

アルヴィンが言う。

「陛下のご命令だしヒルダもノリノリだから、諦めろ」

女王の命令である上に、ヒルダが楽しんでいる――この二人が本気なのにユディトが逃げられるわけがない。実はこの男こそ誰よりもユディトのことを理解しているのではないかと思えてきた。

「よかったです、ヒルダ様」

クリスが口を開く。

「実は、ユディトはご母堂《ぼどう》の伯爵夫人に花嫁修業のため寄宿舎を離れ実家から通勤するように求められているとのことです。これからヒルダ様のご決裁《けっさい》を仰ごうと思っておりましたが、もしご許可をいただけるのであれば、これまでのように夜いつでも姫様のお供ができるという状況ではなくなります。もしそのお披露目パーティが夜になるようでしたら、早めに予定を押さえてくださったほうが四方丸く収まるかと」

「それは大切ね」

ヒルダが目を丸くして言った。

「そうね、わたくし、いつもいつでもユディトはわたくしの傍にいてくれるものだとばかり思っていましたけれど、その思い上がりを正さなければなりませんね」

ユディトは慌てて立ち上がった。ヒルダを見つめて少し大きな声を出した。

「そのようなこと！」

自分は、いつもいつでもヒルダの傍にいたい。どんなことがあってもヒルダを最優先にして、彼女を守って戦って生きていたい。

それをなぜか皆が邪魔しようとする。

ともすれば泣きそうになってしまったが――

「別に正さなくてもいいんじゃないのか」

言ったのは、アルヴィンだった。

「結婚したら生き別れるわけじゃない」

その言葉に、こんなにも安心する。

「それとも、ヘリオトロープ騎士団って、結婚したら除名処分なのか?」

「そういえば、皆結婚することになったら辞めてしまいますね。なぜかしら? お母様に確認します」

そして微笑む。

「大丈夫ですよ。もし、お母様が、だめ、とおっしゃっても。わたくしが、大丈夫なように変えてさしあげますからね」

この美しい天使こそ、ユディトの世界に光をもたらす存在なのだ。

感動したユディトだったが――ヒルダはすぐに現実に引き戻した。

「で、パーティはいつがいいかしら?」

この後、結局、ユディトとアルヴィンはヒルダに強引に翌月のパーティの日取りを決めさせられることになる。

宮殿の正面は公園になっていて、公序良俗《こうじょりょうぞく》に反しない限りは誰が何をしてもいいことになっている。もちろん衛兵の目はあるが、普段は一般市民が談笑しながら散歩をしたり大道芸人がパフォーマンスを披露したりしている。

四角い公園の東西の端、人工の小川が流れる岸辺に、赤い石畳の歩道がある。

その歩道を、二人の青年が歩いている。

彼らはそれぞれ一頭ずつ大型の犬を連れていた。耳が三角形に立った狼《おおかみ》のような猟犬だ。ヒルダのように華奢で可憐《かれん》な少女では引きずられてしまうだろう。しかし青年らはいずれも背が高く体格が良かった。

一人は、短く切られた黒髪に紫の瞳の、筋骨隆々として勇ましい風貌《ふうぼう》の男――アルヴィンだ。

もう一人は、肩の辺りまでと少し長い栗色の髪をひとつに束ね、髪と同じく栗色の瞳をした、優しげな雰囲気の男だ。名前は忘れたが顔はよく見掛けるので覚えている。アルヴィンの乳兄弟で金魚の糞《ふん》だ。

ユディトが歩道の先で仁王立ちになっているのに気づいたようだ。二人が足を止めた。

「待て。おすわり」

二人がそれぞれに犬のリードを引く。犬たちは素直に止まってその場にしゃがみ込んだ。

「何をしているんだ、そんなところで」

アルヴィンに問い掛けられ、ユディトは一人で腕組みをしていたのを解いて二人に歩み寄った。

「ヒルダ様が、アルヴィン様が犬の散歩に出たから、一緒に行って、二人で歩いて語らってこい、とおおせになった」

「語らう？　何を？」

「さあ」

アルヴィンの隣で、乳兄弟が噴き出した。

「これはこれは申し訳ございません、僕としたことが、気が利きませんでした！　ユディト様がおいでになるなら喜んでお譲りしますよ！」

予想外の対応にユディトはひるんだ。

「いや、別に、私も語らいたいことがあるわけではなく、今は本来ならヒルダ様のお傍にお控えしているべき時間で、ヒルダ様が行けとおっしゃらなかったら、微塵も思いつかなかったことなので……」

アルヴィンに溜息をつかれた。

「俺にはまったく興味がなさそうだな」

なんと回答したらいいのかわからなかった。

悩んでいるうちに片割れが口を開いた。

「ご挨拶が遅れてたいへん失礼しました。僕はロタールと申します。ロタール・エッケマンです」

平民のようだが、彼——ロタールは図々《ずうずう》しくもアルヴィンに無言で犬のリードを押し付けてユディトに歩み寄ってきた。

優雅な流れでその場にひざまずく。ユディトの手を取り、その甲に軽く口づけをするそぶりを見せる。

背中にぞわりと鳥肌が立つのを感じた。

今の挨拶は、貴族の姫君に対しては、当然の儀礼だ。本来は伯爵令嬢であるユディトはそういう挨拶を受けるべき身分だ。

でも、気持ちが悪い。お姫様扱いされるのがこの上なく嫌だ。

すぐ手を離して言った。

「そういう挨拶は不要だ」

ロタールはさして気にしていない様子で微笑み、「そうですか」と言いながら立ち上がった。

「僕の母がアルヴィン様の乳母をさせていただいたご縁で、アルヴィン様とは十歳まで同じ家で育ちまして。父も軍人なのですが、土地なし貴族の男爵ですし、僕が三男なので爵位は相続できず。まあ、そういう堅苦しいのは苦手なので構わないんですが」

「知っている。アルヴィン様と士官学校で一緒だということも聞き及んでいる」

「そうでしたか。ありがとうございます」

「私はユディト・マリオン・フォン・シュテルンバッハだ」

「存じ上げておりますよ、シュテルンバッハ卿の自慢の姫君」

また悪寒が走ったが――

「ヘリオトロープ騎士団では並ぶ者のない剛の者とのことで」

そう言われると胸の奥がすかっと晴れた。

ロタールはこういう人の機微《きび》には敏《さと》いようだ。ユディトの顔色が変わったのに気づいて、この手の話題が好きであることを察したらしい。軽く首を垂れて言う。

「アルヴィン様に劣らぬ腕の方がお傍にいてくださると思うと心強いです」

ユディトはつい、こいつはいいやつだ、と思ってしまった。

「ぜひ僕とも一度お手合わせを。こう見えて僕も騎士の家系の男で軍人ですので、ユディト様のお相手として不足のない剣技をご覧に入れられると思います」

「そうか。とても楽しみにしている。よろしく頼む」

アルヴィンが「完全に戦士の挨拶だな」と呟いた。

「では、僕は犬たちを連れて帰りますね」

先ほどはアルヴィンに押し付けたくせに、ロタールは今度アルヴィンから強引にリードを奪った。

「お二人でごゆっくり」

アルヴィンもユディトも動揺して「えっ」と漏らした。

「一人で帰るのか？」

「せっかくヒルダ様がお膳立てしてくださったんですもん、少しは会話をなさってください。婚約お披露目パーティまでにちょっとでもお近づきになってくださいよ」

ロタールが大袈裟《おおげさ》に肩をすくめる。

「放っておいたらぜんぜん夫婦らしくならなさそうで」

実は、ヒルダも同じことを思ったからこんなことを言い出したのだそうだ。ユディトは胸が冷えた。

「まずは知ることから！　頑張ってください！」

「ちょっと、ロタール――」

「では、また！　行っくよー！」

彼は明るく朗らかな声で言って犬たちを引っ張った。犬たちは尻尾を振って彼とともに駆け出した。一人と二頭の後ろ姿が宮殿のほうに消えていく。

公園の隅に二人で残され、ユディトもアルヴィンもしばし呆然《ぼうぜん》としてしまった。

春になってずいぶんと日が伸びた。太陽は傾いていたが沈むには早い。王家の晩餐《ばんさん》までまだ時間がある。ヒルダは夕食までの間頑張るようにと言っていた。

「……まあ、とりあえず、座るか」

そう言って、アルヴィンが歩き出した。彼の歩幅の半分ほどしかない人工の小川をまたいで、植えられた木々の下、等間隔に並ぶベンチのうちのひとつを目指した。

ユディトは無言でついていったが――アルヴィンがベンチに腰を下ろしてから、気づいた。

「隣に座るのか……」

しばらくためらった。夕方の公園のベンチに、二人で並んで座る――これは完全に男女の逢引《あいび》きだ。

人目はないも同然だ。小川の向こうに散歩をする人々の姿はあるが、こちらの存在には気づいていない。衛兵たちの目もこちらを向いてはいなかった。

だが無理だ。心臓が爆発する。

男と二人きりでベンチに並ぶ。

破廉恥《はれんち》だ。

「――そんなに嫌か」

言われて、はっとした。

「どうしても俺が嫌なら帰ってヒルダや陛下にそう言え」

アルヴィンは不機嫌そうだ。

冷静に考えたら当たり前だ。自分の隣に座るのが嫌なのだと思ったら、普通の人間は不愉快に感じる。

アルヴィンだから嫌なわけではないのだ。男と二人きりというのが、気まずくて、収まりが悪くて、恥ずかしいのだ。しかしそう説明することすら自分の弱さをさらけ出すことにつながる気がして口に出せない。

勇気を振り絞って、足を踏み出した。

アルヴィンの隣に座る。

ぎこちない動きになってしまった。自分の膝の上に置いた手も硬い。

小川がさらさらと流れていく。普段ならそのせせらぎに心が休まるものだったが、今のユディトにそんな余裕はなかった。

距離が近い。

「やめていいんだぞ」

アルヴィンが言った。

「何を？」

「結婚を」

顔を上げ、アルヴィンのほうを見た。彼は小川を睨むように見つめていた。

「そんなに嫌なら陛下に訴え出ろ」

「そういうわけでは――」

言いかけて、ではどういうわけだろう、と自問自答を始めてしまった。

少し間を置いてから、問い掛けた。

「アルヴィン様は、お嫌ではなく？」

母の言葉を思い出した。

――アルヴィン殿下がお前をと望まれたのでしょう。胸を張ってお受けしなさい。

真相は違う。

「俺は、一から十まで陛下の言いなりだからな。陛下がそうとお決めになったことに異論はない」

わかっていたはずなのに、なぜか少しだけがっかりした。この結婚は、女王が決めたものであり、自分たちの意思は何も反映されていない。

アルヴィンも、女王の言うとおり。ユディトも、女王の言うとおり。

「俺に期待するな。俺は陛下に逆らわない。陛下が命じれば犬の散歩だってする」

そこまで聞いて、ユディトは少し心が緩むのを感じた。

「アルヴィン様が犬たちの散歩をなさっているのだな。なんだか少し——」

微笑ましい、と言いかけてやめた。成人男性に対して使う言葉ではない気がしたのだ。しかしあの獰猛《どうもう》そうな猟犬たちがアルヴィンの言うことをおとなしく聞く様子は心和むもので、彼らの間には信頼関係があるように思われた。犬を愛し、犬に愛される者に、悪いやつはいない。

「他にいないからな」

アルヴィンはそっけなく答えた。

「もともとはルパートの仕事だったんだが、あいつがいなくなってから俺がやっている。姫たちにはさせられないだろう」

女王ヘルミーネの子供は現在六人生き残っている。だが、長女は西国に嫁ぎ、次女は修道女になったため、今宮殿にいる一番大きい実子は三女で十四歳のヒルダになってしまった。下は六歳の第五王女と四歳の第六王女だ。犬たちがどんなに賢くても、あの大きさの獣を六歳と四歳の幼女に託すのは危険だろう。

「だがアルヴィン様に懐《なつ》いているようにお見受けした」

「犬ははっきり命令してくれる人間が好きなんだ」

「さようか。犬に少し共感する。私もはっきり命令されるのが好きだ」

なぜかそこでアルヴィンが動揺した様子を見せた。

「男の前ではそういうことは言わないほうがいいと思う」

何が引っ掛かったのかユディトにはよくわからない。

「ロタール殿もいつも一緒にいらっしゃるのか？」

「いや、あいつも一応軍人で仕事があるからな、四六時中一緒にいられるわけじゃない。暇な時はこうしてついてくるが、毎日ではない」

「さようか」

特に深い理由はないつもりだったが——

「……一緒のほうがいいか？」

思わず「えっ」と呟いてしまった。

「あいつのほうが、口がうまくて、人当たりが良くて、付き合いやすいだろう」

誰と比べているのだろう。アルヴィンだろうか。

確かに、アルヴィンよりロタールのほうが明るい。柔和《にゅうわ》な笑顔、穏やかな物腰、それなりに整った顔立ちで、女には人気がありそうだ。

「まあ……、そうだな……」

だがユディトはそういう男と好んで付き合いたいわけではない。優しい言葉でおだてられるよりきっぱりすっぱり応酬《おうしゅう》できるほうが気楽だ。そういう意味では言葉を飾らないアルヴィンのほうが話しやすい気もする。彼の無駄に笑ったりしないところはユディトの目には良く映った。

しかしそれをはっきり言ってしまうのはどうだろう。アルヴィンにとっては実の兄弟と思うくらいに近しい存在のロタールだ。ユディトからすれば義理の兄になるのではないか。それなのに、興味がない、と言ってしまうのは冷たいかもしれない。

結局、ユディトは何も言わなかった。

そんな感じで、今日もろくに会話をせず日が暮れてしまった。

ヒルダに導かれるまま、宮殿の一階、南西の端の部屋に向かった。

彼女は目的の部屋に何があるのか説明しなかった。黙ってついてきなさいと言ってユディトの三歩前を歩いていった。ヒルダがどこに行こうともお供をしなければならない。さして深く考えることなく大きな広間や扉のない通路状になっている部屋を通り抜けていった。

目的の部屋が近づいてくると、ピアノの音が聞こえてきた。

初めは、穏やかな、優しい曲調だった。ユディトは初めて聴く曲だったが、繊細な長調で、聴き心地がいいと感じた。子守唄にも似た緩やかさで音程の上下が少ない。

さぞかし温厚な人物が弾いているのだろうと思ったが――途中で一曲が終わり、次の曲に移った。

その途端《とたん》だ。

先ほどとはまったく異なる、力強い、鍵盤を激しく行き来する旋律が響いてきた。勇壮で、荘厳で、胸を衝《つ》かれるような勢いがある。

今度の曲はユディトも知っていた。最近の作曲家が作ったピアノソナタだ。手が大きくて指の力が強くないと弾けないし、非常に高度な技術を要する曲だった。

目的の部屋の前に辿《たど》り着いた。ピアノは中から聞こえてきていた。

その部屋には扉がなかった。

戸口に当たる部分で、ヒルダが、桃色の唇の前に人差し指を立てた。それから、「しぃ」と言いながら部屋に一歩を踏み入れた。ユディトも、ヒルダに続いて、部屋の中を覗き込んだ。

広い部屋の中にグランドピアノが一つ置かれている。他には家具調度が一切ない。部屋の東側にいるユディトたちから見て正面、西に面した壁は全面が窓になっていて、午後になって太陽が傾いた今、部屋の中は自然光だけでも明るく眩《まぶ》しかった。

グランドピアノが北の壁に向かって置かれていたため、弾いている人物の横顔が見えた。

アルヴィンだ。

黒髪を揺らして、正面の楽譜を見たり見なかったりしながら、一心不乱に弾き続けている。

ユディトは心底驚いた。ぶっきらぼうなところのある彼にこんな器用な演奏ができるとは思っていなかったのだ。

アルヴィンの大きな筋張った手が、鍵盤の上を、ある時は滑るように、またある時は跳ねるように動く。たくましい、若干太いと感じるような、武骨な彼らしい指が、なぞるように、押さえるように、繊細な動きを見せる。

ほう、と息を吐いた。

剣を握る手でも、こんなに美しい音楽を奏でることができる。

激しく勇ましい曲調は彼らしくもあった。

胸が、震える。

ヒルダが少し背伸びをして、ユディトの耳に顔を近づけてきた。

「いかがですか。ちょっとは惚《ほ》れ直しますか」

思わず大きな声を出してしまった。

「そもそも惚れていません」

ピアノの音がぴたりと止まった。

何が起こったのだろう。慌てて前を向いた。

アルヴィンが手を止めてこちらを見ていた。

「お前ら何をしているんだ！　勝手に入ってくるなと言ってあるだろうが！」

いつになく怒っている。

ユディトは盗み見ていた気分だったので少し申し訳なくなって萎縮した。何も言わずにただ彼の様子を眺めた。

ヒルダはまったくひるまなかった。

「いいではありませんか、減るものでもなし！」

彼女は少々乱暴な足取りで部屋の中央、グランドピアノの傍に寄っていった。

「むしろ、どうしてこそこそなさるのです？　せっかくの腕なのですからもっと大々的に大勢の人に聴かせるべきです！　兄様が人前で弾かないから皆兄様が弾けることを知りませんよ」

「それでいいんだ。俺はひとに聴かせるために弾いてるわけじゃない」

「わたくしが嫌なのです！　兄様がわたくしたち兄弟の一員であることを示さなければ！」

その言葉を聞いてユディトははっとした。

ヘルミーネの子供たちは皆音楽をやっている。ヘルミーネが好きだからだ。

彼女は自分の子供たちだけで合奏ができることを心からの自慢にしており、定期的に宮殿の中にあるホールで演奏会を催す。王女たちは声楽とピアノとヴァイオリンをみっちりと仕込まれており、消えたルパートもヴァイオリンの名手だった。

養子にした以上アルヴィンもヘルミーネに楽器をやらされているはずだ。だがアルヴィンが演奏会で登壇《とうだん》したことはいまだかつて一度もない。したがってユディトも彼にも音楽家並みの技術があることを知らなかった。

アルヴィンは溜息をついてかぶりを振った。そして譜面板にある楽譜をたたんでしまった。

「今日はもう終わりだ」

背もたれのない椅子に、横向きに座り直す。ピアノのすぐ傍に立ち、悲しげな顔をしているヒルダに向き合う。

「そんなにお嫌なのですか」

その声が泣きそうに震えている。

「わたくしたち兄弟が兄弟であることを。兄様は、受け入れてはくださらないのですか」

ヒルダの母親譲りの長いバターブロンドの髪は緩く波打っている。

アルヴィンのおそらく父親から受け継いだのであろう黒髪は直毛だ。

ヒルダの母親譲りの瞳は碧色だ。

アルヴィンのおそらく父親から受け継いだのであろう瞳は、かつては邪眼《じゃがん》と呼ばれて忌《い》み嫌われていた、何百年とこの国で迫害されてきた少数民族ヴァンデルンの紫色だ。

アルヴィンはしばらくの間何も言わずにヒルダを見つめていた。彼も言葉に悩んでいるようだった。さすがに十四歳の少女に冷たい言葉を投げつけるほど分別のない男ではないらしい。けれどきっと本音を言えば否定したいのであろうことがユディトには伝わってきていた。

ややしてから、ヒルダのほうが折れた。彼女はむりやり笑顔を作って見せた。

「ユディトに聴かせてあげたかったのですよ」

その笑顔が痛々しい。

「だって、兄様とユディトったら、まったく婚約者同士のようにならないのですもの。ユディトに兄様のいろんな面を見せて少しでも気に入っていただかなければならないと思ったのです」

「別にいいだろ見せなくて」

アルヴィンがつっけんどんに答える。

「俺がどんなだろうが、こいつは陛下に言われたら俺と結婚して子作りするんだろ」

暗に何も考えていないと言われたように思えたので、ユディトは少しむっとしてわざとこう答えた。

「ああそうだ、そういう職務だからな」

「すぐそういうことを言う！」

ヒルダが拳を握り締める。

「どうして歩み寄ろうとしないのです？　いずれにしても生涯をともにするパートナーになるのですから、仲が良いほうがいいとは思いませんか？」

アルヴィンが口を開く前に、ユディトが言ってしまった。

「いえ、仕事ですので」

するとアルヴィンも頷いた。

「そういうことだ。こいつは俺の人間性にはまったく興味がない」

ヒルダがユディトの顔を見上げて問うてくる。

「そんなことないですよね」

正直に言えば、興味がないわけではない。犬に優しく、ピアノが上手で、妹想《おも》いのところのあるアルヴィンが、まったく魅力的ではないわけではなかったからだ。

だがそう言うことができなかった。

ヒルダに、男に興味関心を持っていると思われたくなかったのだ。

アルヴィンが言った。

「まあ、俺もない」

その言葉が刺さった。

彼のほうは、きっと、本当に、ユディトの人間性に興味がない。彼こそ、養母たる女王に言われたから、自分を抱くのだ。

しかし興味があると言わない自分にも非があるので、ユディトは反発しなかった。

一番悲しそうな顔をしたのはヒルダだ。

「きっと、きっと、仲良くなってくださると思っていたのに」

ともすれば泣いてしまうのではないかと思った。

「ヒルダ様――」

だが何を言うのだろう。何を言えば彼女を慰《なぐさ》められるのだろう。一時しのぎであっても仲が良さそうに振る舞ったほうがいいのか。でも、どうやってだろう。

ヒルダの碧眼《へきがん》が潤む。

アルヴィンが前を向いた。

一瞬、ここで無視するのか、と怒りが湧いてきたが――

「弾いてやる。何が聴きたい？」

そう言って、鍵盤の上に手を置いた。

ヒルダがぱっと笑顔を作った。今度こそ本当に嬉しそうな顔だった。

「では、教会音楽が聴きたいです！　何か教会で弾くような合唱曲を弾いてくださいませんか」

するとアルヴィンはすぐに弾き出した。

優しい単音が連なっていく。明るい長調のしらべ、階段をのぼるように神へ近づく音。穏やかな前奏、そしてここが教会であればコーラスが乗る部分の静けさ。

先ほどまで激しく荒々しいソナタを弾いていたとは思えない指の動きに、ユディトも感嘆《かんたん》の息を吐いた。

黒髪が揺れる。

その横顔は端正で、混血児特有のエキゾチックさもあいまって、美しい、と思った。

さほど長い曲ではない。ややして手が止まった。

ヒルダが嬉しそうに手を叩いた。

「あのですね、兄様。ユディトも音楽をやるのですよ」

突然話を振られて、ユディトは心臓が跳ね上がるのを感じた。

「歌がとてもうまいのです」

驚いたことに、アルヴィンは「知っている」と言った。

「というか、ヘリオトロープ騎士団は演奏会の時に出るんだからみんな歌がうまいだろ」

音楽好きの女王の好みでえりすぐられた女騎士たちは女声三部の合唱団にもなる。もともとそういう条件で入団するし、幼少期に教養として声楽を習わされている良家の子女が多いので、抵抗感のある人間は少ない。あのクリスでさえ美しいソプラノで歌う。

ヒルダが無邪気に言う。

「兄様のピアノでユディトが歌ってくれたら素敵、と思って。今、少しいかがですか?」

突然の提案に驚いた。どう断ろうか悩んだ。だがそれも職務の一環であると言われたら拒めない。

ヘリオトロープの騎士は歌うのである。

ユディトが戸惑っている一方で、アルヴィンが言った。

「お前だったら、いきなり、芸を見せろ、と言われたらどう思う？　予定もなく。練習もなく。ネタもなく。今まで一度も合わせたこともないのに。……どう思う？」

ヒルダがうつむいた。

「ごめんなさい……わたくしが考えなしでした」

ほっと胸を撫《な》で下ろした。

そしてアルヴィンに感謝する。

アルヴィンはヒルダの兄なのだ。ヒルダに言って聞かせることのできる存在なのだ。そう思うと頼もしくて、ユディトは安心するのだった。

「申し訳ございません、ヒルダ様。いつか機会ができましたら」

本音を言うとその気はまったくなかったが、ユディトはそう言ってヒルダをなだめようとした。

「そうですね、いつか機会ができましたら」

ヒルダがちょっと笑って繰り返した。

「ごめんなさい。少しでも兄様とユディトが近づいてくれたら、と思ったのですけれど。むしろ、二人とも、わたくしに付き合ってくださって、ありがとうございます」

ユディトの「構いません」と言う声とアルヴィンの「別にいい」と言う声が重なった。

婚約お披露目パーティが行われるのは、宮殿東館二階の大きな広間、通称・水晶の間である。シャンデリアのガラスの装飾が水晶のように輝いていることからその名がついた。大きな窓やガラス細工のインテリアが印象的な透明感のある部屋だ。

水晶の間では毎週舞踏会などのイベントが催されている。集うのは当然国内外の貴族の紳士淑女だ。

その淑女たちの身支度のために、水晶の間の周辺にはいくつもの小さな控え室が設けられている。そのうちのある控え室の鏡の前にて、ユディトは絶望していた。

衣装から化粧まで、すべてヒルダの好みで揃えることになっていた。

そもそもこの婚約お披露目パーティ自体一番やりたがっていたのはヒルダだったし、ユディトはヒルダが楽しいならそれがすべてだと思っていた。ヒルダの着せ替え人形として遊ばれてもいいという気持ちで臨んでいたのだ。

ところが、いざヒルダの好みで統一された装いをしてみると――

ペチコートで大きく膨《ふく》らんだスカートにはピンクとホワイトのリボンがふんだんにあしらわれている。大きく開いた胸元、肩を出して二の腕の途中から縫い付けられている袖には肘までピンクのレースが幾重にも垂れていた。大きな髪飾りにも真珠の花芯を中心にベビーピンクの花弁の薔薇《ばら》が咲いている。

それが絶望的なほどまったく似合っていなかった。

まず、背の高いユディトが下半身の膨らんだドレスを着ると、圧迫感がある。加えて、鍛え上げられて筋張った首や肩が見えてしまう。何よりピンクが合わない。全体的に、すさまじい膨張感だった。

化粧も、ヒルダ専任の化粧係の女性が彼女の命じるまま施したのだが、壊滅《かいめつ》的なまでにユディトの顔に合っていなかった。いまだ幼く少々丸顔気味のヒルダの顔なら愛らしい化粧も——甘いピンクの頬紅、パールピンクの口紅、ライトグリーンのアイシャドウも、何もかも浮いている。とてもではないが洗練された王都の身分の高い大人の女性のものとは言えない。

クリスが何も言わないのはいつものことだったが、あのエルマが沈黙しているのだからよほどのことなのだろう。

「笑いたければ笑え」

「さすがにこれで笑ったらあたしの人格に問題あるでしょ」

ユディトが言うと、エルマはそう答えた。

クリスが冷静な顔で言う。

「まあ、構わないのでは？　ヒルダ様がお気に召しているのでしたら」

するとヒルダが慌てた様子で首を横に振った。

「ち……違うのです。ユディトを可愛く演出したかったのですが……、ちょっと、なんだか、うまくいっていない気がするのです。言葉では説明できないのですが、わたくしのイメージとは違うのです……」

ユディトは溜息をついた。

正直なところ、ユディトもこれでもよかった。大勢の前で恥をかかされるはめになるのはつらいし、いっそ川に身投げをしたい気持ちもあったが、ヒルダがどうしても、というのなら甘んじて辱めを受けるのが職務であると思ったのだ。

しかしヒルダも気に入っていないとなれば話が別だ。

「化粧を落として別のドレスに着替えさせていただきたく」

ユディトが言うと、ヒルダが眉尻を垂れた。

「どのドレスがいいでしょうか？　ユディトのサイズというと、かなり限られてしまうのですが」

「なんでも構いません。地味でシンプルなものを。リボンやレースが合いませんので」

「でも、主役ですのに」

天使のようであり、妖精のようでもある、十四歳の美少女のヒルダにとっては、これが一番可愛い衣装なのだ。

「華やかで……素敵なドレスを……」

苦笑してしまった。

「ではこのままで参りますか。このユディト、姫様のご厚意をむげにはしたくなく――」

控え室のドアをノックする音が聞こえてきた。

「はーい、どなたでしょ？」

エルマが問い掛けると、外からこんな返事が来た。

「俺だ。アルヴィンだ」

ユディトは最悪の気分だった。こんなみっともない姿をアルヴィンに見られるのが嫌だったのだ。

だが冷静に考えて、彼が婚約者でありもう一人の主役である以上あとで隣に立つことになる。

「支度は済んだか？　水晶の間に入って最終点検をしようと思ってな」

そういえば、そんな話もしていた。

その場にいた全員――ユディト、エルマ、クリス、ヒルダ、化粧係、衣装係の六人――が、全員の顔を順繰りに眺めた。

逃げられない。

ユディトは、頷いた。

「結構だ。お入りいただきたい」

すぐにドアが開けられた。

ドアノブをつかんでいたのはロタールだった。彼は一応アルヴィンの従者としてドアを開ける務めを負ったらしい。パーティにも参加するので、王国軍の礼装を纏っている。

ロタールに続いて、アルヴィンも入ってきた。彼もロタールと同じ黒を基調として金の房飾りのついている軍の礼装だ。

ユディトはアルヴィンがうらやましかった。

男なら、いつもと変わらぬジャケットにトラウザーズが許される。対する自分は女だから、ドレスを着せられるという辱《はずかし》めを受けなければならない。

できることなら、ユディトはヘリオトロープ騎士団の紫の制服で臨みたかった。それが一番自分らしいと思うし、ヘリオトロープの騎士であることこそユディトの何よりもの誇りだからだ。

だができない。

女だからだ。

アルヴィンもロタールも、ユディトを見て硬直した。何も言わなかった。二人とも最低限の礼節をわきまえた成人男性だからだろう。もし人目を気にしない少年だったら今頃笑っていたに違いない。

とりあえず、似合う、とか、美しい、とか、賛辞の言葉を口にしないだけユディトは救われた。あからさまな社交辞令を投げかけられても我慢できるほど柔軟な人間ではないのだ。

「まあ……、ヒルダが企画したと聞いた時点でなんとなく想像はついていた」

眉間にしわを寄せて、アルヴィンが言った。

逆に安堵《あんど》した。似合わない恰好《かっこう》をしなければならないのはヒルダのためであることを理解してくれているのだ。ユディトは感謝の念さえ湧き起こってくるのを感じた。

かといってどうすればいいのかわからない。結局ユディトにもセンスはない。

悲しい気持ちになった。

ぽつりと、口をついて自嘲《じちょう》の言葉が出た。

「こんな、不細工でごつごつした女が婚約者では、アルヴィン様が恥をかくのだな」

アルヴィンに迷惑をかけたいわけでもなかった。嫌な気持ちにならないでほしいとは思う。だが、どうしたらいいのかわからないのだ。

アルヴィンが、大きな溜息をついた。

「おい、ロタール」

「はいっ、なんでしょうっ？」

ロタールが少し間の抜けた声で返事をする。

「例のものを持ってこい」

その言葉を聞いた途端、ロタールの表情がぱっと明るくなった。

「すぐ持ってまいります、しばしお待ちください！」

駆け足で出ていく。

「まずはその野暮《やぼ》ったい化粧を落とせ。それから髪のそれも違うものに交換しろ」

彼は控え室の奥の髪飾りが並んでいる棚のほうへ歩いていった。棚の中を物色する。最終的に手に取ったのは大きな青紫のクレマチスをモチーフとした花の髪飾りだ。

アルヴィンがユディトに手を伸ばした。

耳の上につけられていた薔薇の花を外し、同じ場所にクレマチスの花をつけた。

髪に、手が、触れた。

距離が近い。

彼は特に気にしていないらしく、すぐに離れていった。

化粧係がコットンとオイルを持ってきて、急いで化粧を落とし始めた。ユディトはされるがまま呆然としていた。

そのうちロタールが戻ってきた。

彼は青紫の布を手にしていた。

大将の首でも狩ってきたかのように、得意げに広げてみせた。

レースもリボンもない、シンプルなドレスだった。胸にも腹にも切り返しのない形状で、裾《すそ》だけがフレアになっている。上は胸から首まで隠れるホルターネックだ。

「俺たちは部屋の外で待っているから、すぐに着替えさせろ」

衣装係が、ロタールからドレスを受け取り、明るい声で「はい」と答えた。

アルヴィンとロタールが出ていく。衣装係と化粧係が二人がかりで今まで着ていたピンクのドレスを脱がせる。エルマとクリスまで協力して新しいドレスを着せる。

着てみると、サイズがぴったり合うマーメイドドレスだった。筋肉質の首と脚は隠れた。

「着替え終わりましたよ」

衣装係が声を掛けると、ロタールが一人で入ってきた。

彼は、鏡の前に並ぶ化粧道具を眺めると、アイシャドウのパレットのいくつかを指した。

「目元はこういう濃いブルー系で統一して」

「はい」

化粧係はすぐ支度にとりかかった。

「チークと口紅はオレンジ系で。あと使うならゴールドね。彼女の亜麻色の髪を意識して」

「はい」

ややして、アルヴィンが戻ってきた。

「陛下にお借りしてきた」

白い毛皮のショールだった。

化粧を終えたばかりのユディトの肩に掛けた。これで筋張《すじば》った肩や腕が隠れる。

「どうだ」

最後に、鏡を見た。

全体的にすらりとした印象になった。筋肉質の上半身はうまくごまかされ、脚の長さばかりが強調される。はっきりとした藍色のシャドウは大人びていて、頬や唇は自然で落ち着いていた。

思わず、鏡に手をついた。

「これが、私か」

社交の場に貴婦人として登場してもおかしくない、洗練された都会の大人の女だった。

ヒルダが感動した声で言った。

「ユディト、綺麗《きれい》……！」

胸の奥が明るくなる。

ヒルダが満足してくれた。ヒルダから見て綺麗なら、きっと、今、自分は誰よりも綺麗だ。

「様子を見に来て正解だったな」

アルヴィンがひと仕事を終えた顔で言った。ロタールが「本当に、本当に」と言って涙を拭うふ

りをした。

「ほら、行くぞ。水晶の間。早くしないとそろそろ招待客も集まり出す」

ユディトは大きく頷いた。

「お、御礼、申し上げ――」

「気にするな」

アルヴィンはドアを開けた。ユディトの顔を見てはいなかった。

「ロタールがいかに女を知り尽くしているかという話になるが、今日ばかりは吉と出た」

「えっ、どうしてこのタイミングで僕を公開処刑にするんです？」

ユディトはほっと胸を撫で下ろしてアルヴィンの後ろを歩いた。

さらにその後ろで、クリスがぼそりと呟いた。

「あのお二人は、なぜ、ユディトの体のサイズに合ったドレスを？」

エルマは無言で顔を背けた。


主役はユディトとアルヴィンのはずだったが、ホストはヘルミーネで、パーティを取り仕切っていたのは終始彼女であった。

ユディトは、なんだかんだ言って、このパーティを開いてもらってよかった、と思った。

ヘルミーネが楽しそうで、元気そうだった。ルパートを失ってから初めて見せる笑顔だった。

それだけで、充分だ。

招待客も若い二人の婚約より女王の復活を祝っている節があった。彼女はこの国の母であり、土台であり、太陽だ。優雅で落ち着いた彼女の姿に皆ホーエンバーデン王国の栄華を感じている。

水晶の間のバルコニーで、一人夜風に吹かれる。

背後の室内では片づけの係の者たちがパーティ会場の後片づけをしているが、窓から少し離れたここには声も音も聞こえてこない。

季節は夏へ移り変わろうとしていた。空に浮かぶ半月は大きく明るく、夜だからといって恐れるものなど何もないように思えた。

ワインで火照った頬に風が心地よい。

「ここにいたのか」

声に反応して振り向いた。

後ろに立っていたのはアルヴィンであった。先ほどと変わらぬ軍の礼装だったが、時間が経《た》って髪形が少し崩れてきているのがおかしかった。

「何かおありか?」

問い掛けると、彼は溜息をついた。

「俺は用事がなければお前に話し掛けちゃいけないのか」

「そのようなつもりではない」

ユディトは慌てて答えた。

「ただ、私はもともと雑談のようなことが苦手で。普段はエルマとヒルダ様が喋っているのを黙って脇でお聞きしているのだ」

そう言うと、彼は少し間を置いてから、頷いた。

「そういうことは先に言ってくれ」

「そういう、とは、どういう？」

「お前は俺とは喋りたくないのかと思っていた」

体を完全にアルヴィンのほうへ向けてから、少し大きな声を出した。

「とんでもない！　申し訳ない。私が、口がうまくないばかりに」

アルヴィンがユディトの隣に立つ。月を見上げる。

アルヴィンの紫色の瞳に月光が差し入って怪しく輝いている。

それを見て、ユディトは、うつむいた。

パーティの間、招待客がアルヴィンに話し掛けるのを避けているように感じていた。ユディトからすると、なんとなくそんな感じがした、という程度の小さな違和感だったが、当人はもっとはっきりとそう感じていたかもしれない。

年配の客ほどそういう態度だったことから察するに、もしその違和感が本当のものであれば――彼らは混血のアルヴィンを避けている。

少数民族ヴァンデルン――その名称はこちら側の人間がつけたものだ。流浪《るろう》の民、放浪する者、を意味する言葉で、彼らが自分たちをなんと呼んでいるかはわからない。

こちら側の人間は、彼らのことをよく知らない。ただ、ホーエンバーデン王国から見ると彼らは南東の山々を越えてやってきた人々で、定住せず、占いや曲芸を生業《なりわい》として暮らしている、ということだけは知っている。

住所もなく定職もない彼らを、こちら側の人間は長い間忌避《きひ》してきた。もっといえば、邪教の魔法使いとして蔑《さげす》んできた。高貴なホーエンバーデン王国にふさわしくない汚れた存在とみなして、王都に入ってくれば追い出すようにしていた。

黒い髪に紫の瞳をした彼らは、王国を食い潰《つぶ》す悪魔の使いだったのだ。

それが二十五年前、王国を揺るがす大スキャンダルを巻き起こした。

時の第一王女――当時まだ第二王女であったヘルミーネの姉――が、未婚の身で黒髪に紫の瞳の男児を出産したのだ。

怒り狂った先代の国王夫妻は彼女から王位継承権を剝奪《はくだつ》した。そして第二王女であったヘルミーネが女王として立つことになる。

第一王女は昔から放埒《ほうらつ》な人であったと聞く。堅実であることをモットーとする妹のヘルミーネとは正反対で、華やかな場を好み、両親にねだって煌《きら》びやかなドレスを纏って暮らしていたのだそうだ。

交友関係も賑《にぎ》やかだった。しかし若い貴族が遊び回ることなどどこの国でもある話だったし、女王になれば落ち着くだろうと考えた国王夫妻は特にたしなめなかったらしい。

それがどこで何を間違ったのかヴァンデルンの男の子供を孕《はら》んだ。

ユディトが生まれる前の話だ。しかもユディトがまだ物心がつく前に王国南東部にヴァンデルン自治区が成立して彼らの移住生活もその中だけのことになったので、ユディトは彼らと直接話をしたことがない。

女王ヘルミーネはヴァンデルンを共存すべき友として見るよう説いている。同じ国に住む一民族であり、異文化の人間として尊重すべき存在だ。そう言い聞かせられて育った若い世代はヴァンデルンを呪いのかたまりだとは思っていない。ユディトも大して深くは考えていなかった。

それは、女王にとっては、姉や甥に対する愛だったのだろうか。甥を偏見から守るために必要な措置《そち》だと考えて自治法の成立を急いだのかもしれない。

先代の国王夫妻は、ヴァンデルンの特徴を色濃く受け継いだアルヴィンが宮殿で育つことを嫌がって、ロタールの家に預けた。アルヴィンが宮殿に引き取られたのは、先王が亡くなった十五年前、アルヴィンが十歳の時だ。

「老人たちの態度を見て、何か、気づくことはあったか?」

アルヴィンが何のことについて聞きたいのか、ユディトにはすぐ予想がついた。

だが、ユディトはあえて「いや」と答えた。

「何も。皆がアルヴィン様の前途を祝福しているのだな、と感じた」

「そうか」

彼はただ、頷いた。

女王の姉は今宮殿にいない。先代の国王夫妻が追放したからだ。

だがユディトは彼女を悲劇のヒロインだとは思えなかった。

彼女がアルヴィンを置いていったからだ。

莫大《ばくだい》な手切れ金とともに外国へ高飛びした母親を、アルヴィンはどう思っているのだろう。

パーティに花嫁の親として参加して、喜びのあまりずっと泣いていた自分の母親の姿を思い出す。

アルヴィンを見せびらかして嬉しそうに笑っていたヘルミーネの姿も思い出す。

アルヴィンを産んだ実の母親は、いったい、何を思ってアルヴィンを置いていったのだろう。

重い、重い孤独が、そこにはある――のかもしれない。

ユディトには、わかるだの理解するだの、そんな陳腐《ちんぷ》なことは言えなかった。真の意味で理解することは一生ないだろう。自分は幸福な少女時代を送ってきた。それは本来罪ではないと思うが、アルヴィンの孤独を分かち合うには難しい。

ただ、黙って隣にいる。それで少しでも安らぐといい、とは、思う。

しばらく、二人とも無言だった。アルヴィンは月を見上げていたし、ユディトもバルコニーの下の庭園を見下ろしていた。

「……何はともあれ、今日はよかった」

ユディトが言うと、アルヴィンが「そうか？」と言った。

「慌《あわ》ただしいし、俺は本当にこういう公の場が大の苦手で、逃げ出したくてたまらなかったんだが」

「本音を言えば私もそうで、ヒルダ様のお供以外でパーティに参加したことはなかったのだが――」

バルコニーの、手すり壁をなぞる。

「ヒルダ様や、陛下が、楽しそうだった。それが、本当に、よかった」

少し間を置いてから、アルヴィンが言った。

「あくまで、ヒルダや陛下が、なんだな」

「ああ」

「自分が、主役になれてよかった、とか、着飾れてよかった、とか、大勢の人に祝いの言葉を貰《もら》ってよかった、とか。そういうことは考えないのか」

「考えない」

即答だった。

「私はあくまで王家の女性たちのためにある存在だ。王家の皆様が喜んでくださるから私も喜べるのだ」

そして、目を伏せる。

「せっかくアルヴィン様が用意してくださったドレスだが。本音を言えば、私には、少し、息苦しい。サイズが合わないのではなく……、心が」

「そうか」

「私も」

声が、震える。

「私も。騎士としての制服こそ正装であってほしかった」

また、しばらく間が開いた。

「今度こういう機会があったら、騎士としての制服で来い」

弾かれたように顔を上げた。目を丸くして、アルヴィンのほうを見た。

アルヴィンは相変わらず月を見ていて、ともすれば不機嫌そうにも見える無表情で、手すり壁に肘をのせ、頬杖をついていた。

「一番自分らしいと思う恰好で出ろ」

その時、屋内から声を掛けられた。

「殿下、ユディト様」

片づけをしていた係の女性が出てきたのだ。

「お部屋の片づけが終わりましたので、灯《あか》りを消して扉を閉めようかという話をしているのですが、お二人はまだこちらにいらっしゃいますか？　必要なら、私どもは部屋をこのままにして下がろうかと思います」

アルヴィンが答えた。

「いや、俺ももうここを出て自分の部屋に戻る」

ユディトも不満はなかったので、付け足すように言った。

「同じく。私も今日は一度騎士団の寄宿舎に戻ろうと思う」

「決まりだな」

女性が深く頭を下げる。

「しかし、このドレス、いかが致せばいい？　お返しすべきか？」

「俺が女物のドレスを持っていてどうする。何か不測の事態があった時にまた着ろ」

「かしこまった」

「あと、念のために言っておくが、ロタールだからな。手配したのは全部ロタールだからな」

「さようか。ロタール殿にも礼を言わねば」

「……お前、いきなり自分の体に合ったサイズのドレスが出てきても、何も疑問に思わないんだな……」

ユディトは首を傾げた。今度はアルヴィンが何を言いたいのかわからなかったのだ。そのまま流した。

夜が平和に更けていく。

第三章　男にできて女にできないこと？

「お前に南方師団の視察を命じます」

謁見《えっけん》の間、玉座に女王として座るヘルミーネが、重々しい口調でそう告げた。

アルヴィンは、彼女の前にひざまずき、恭《うやうや》しい態度でそれを聞いていた。

ルパートが消えて二カ月が過ぎた。

甥の婚約をきっかけに活力を取り戻した女王は、長男がいた頃と変わらぬ精力的な政治活動を再開した。

まずは長女を嫁がせた西国、ホーエンバーデン王国から見て西北にあるニーダーヴェルダー王国との経済的互恵関係に関する条約を更新するそうで、近々直接先方の国に外遊して誓約書に署名するとのことである。

しかし女王が王都を留守にすると不逞《ふてい》の輩《やから》が出てくるおそれがある。

その代表例として考えられるのが、南方に住む少数民族ヴァンデルンだ。

十五年前、女王はヴァンデルンに王国の南東部にある山がちの土地を与えた。

だがこれは王国にとって危険な賭けだった。

流浪の非定住生活を送っていたヴァンデルンは、狭い土地に閉じ込められたと感じて不満を抱くかもしれない。

事実南方では時折ヴァンデルンと王国軍南方師団の小競り合いが発生する。ヴァンデルンが無許可で自治区から出て周辺の村々で略奪行為をするためだ。報告があるたび王国軍が出動して制圧する。そして狼藉《ろうぜき》をはたらいたヴァンデルンを捕縛《ほばく》して王都の裁判所を経由して牢獄《ろうごく》に送り込む。

ヴァンデルンはいつの時代も不穏分子《ふおんぶんし》だ。

文化の違いからくる摩擦だけではない。

彼らは季節ごとに移住する。彼らにとっては国境は意味がない。

ホーエンバーデン王国を出て、緊張状態が続く東国オストキュステ王国に行く者たちがある。スパイとして、あるいは密貿易者として、ホーエンバーデン王国にとって不利益をもたらす形で戻ってくる可能性もある、ということだ。

したがって女王としては逆に彼らにずっとこの国の自治区の中にとどまっていてほしい。

素直に女王の言うことを聞いてくれる連中ならこんなに揉《も》めないのだ。

「私が常に南方情勢に気を配っているということを知らしめる必要があります。王族が見に来るとなれば南方師団の意気は上がることでしょう。ヴァンデルンに対する牽制《けんせい》にもなります。そして、オストキュステにも。私が南東部を捨てる意図でヴァンデルンに与えたつもりではないということを主張しておかなければなりません」

アルヴィンは余計なことは言わずに短く「は」とだけ返事をした。

「贅沢を言うなら――できることであれば、お前にはヴァンデルンの首長たちとも顔合わせをしていただきたく思います」

予想外の言葉に、弾かれたように顔を上げる。

女王は冷静な顔をしていた。ほとんど無表情と言ってもいい。ただ唇だけを動かして喋っているように見える。とても我が子の家出に振り回されたり甥の婚約にはしゃいだりするとんちんかんな女には見えなかった。アルヴィンをはじめとするホーエンバーデン王国の民一同が慕っているのはこの女王だ。

「ヴァンデルンも一枚岩ではありません。南方師団の将軍たちが調略《ちょうりゃく》を行っております。もしうまくいくようであればお前もこちら側に好意的な首長たちと対面しなさい。王族として、女王の息子がヴァンデルンを気に掛けていると思わせるのです。極力友好的な態度を取りなさい」

「俺が？」

「そうです。この務めはもっともお前がふさわしいと思って任命します」

女王が立ち上がった。ドレスの長い裾が床にふわりと広がった。

玉座と下の床の間にある三段の階段をゆっくりと下りてくる。その足取りは実に優雅だ。

彼女の華奢だが長い指のついた手が、ひざまずいたままのアルヴィンの顎をつかんだ。

女王の碧の瞳が、アルヴィンの紫の瞳を覗き込む。

「お前ももういい大人になったと思うので、今こそ大事なことを話します。これまでお前を傷つけまいと思いあえて黙ってきましたが、そろそろお前にも政治をわかってもらわねばなりません」

女王の爪がアルヴィンの皮膚に食い込む。その爪は瞳の色によく似た青緑に染められている。

「お前の黒い髪と紫の瞳には政治的価値があります。ヴァンデルンに、自分たちの親族かもしれない男が王族にいる、と思わせることができる、という価値です」

アルヴィンは両眼を見開いた。

女王はなおも冷静で、声色はまったく変わらなかった。

「女王はヴァンデルンの子を育て、長じたら軍の要職を与えて花嫁を用意した――これ以上にヴァンデルンに対して効果的な宣伝はありません。ヴァンデルンに、女王は自分たちにとって優しく親しみのある王である、という印象を植え付けるでしょう」

アルヴィンの紫の瞳は明らかに混血の証だ。一目見ただけでヴァンデルンの血を引いていることがわかる。

女王は、それを利用して、宥和政策《ゆうわせいさく》を取っていることをアピールしたいのだ。

「彼らにホーエンバーデン王国のほうに馴染《なじ》めば自分たちに利益があると信じ込ませるのです。オストキュステよりホーエンバーデンを選ばせなければなりません」

「陛下……」

「そのために。お前が、行きなさい。ヴァンデルンの血を引くお前が」

彼女の碧の瞳には感情が映らない。

「なんなら、ヴァンデルンの旗印になっておやりなさい。彼らを束ねる王として、ホーエンバーデンとヴァンデルンの架け橋になることを目指しなさい」

自分の人生がそんな壮大なものになるとは思っていなかった。自分は無価値で、王家の恥さらしで、名ばかり将校のただ飯喰《ぐ》らいだ、くらいに思っていた。したがって価値があると言われて非常に驚いた。

まったく悲しみがないわけではなかった。

女王はただ愛のために自分を引き取ったわけではなかったのだ。もしかしたら真の意味で家族だとは思っていなかったのかもしれない。自分を利用するために今日までともに過ごしてきたのかもしれない。

それでもいい。

喜びのほうが勝った。

生まれてきたことに意味があったように思う。存在価値を見出《みいだ》された気がする。

ずっと呪いでしかなかった紫の瞳が、ようやく活用される。

それに、アルヴィンは、強く美しく賢くたくましい女王が好きだ。彼女の政治に協力できるというのは嬉しいことだった。

家族の愛、といった、私的なものではなく。

ホーエンバーデン王国の未来、といった、公的なもののために。

「おおせのままに」

アルヴィンがそう言うと、女王は手を離した。そして、今度はアルヴィンの黒い髪を撫でた。

「ですが、忘れないでください。それがすべてではありません。私はあなたのことも我が子と思っています。そうであるからこそ——家族であるからこそ、王族としての務めを果たしてほしいのです」

「かしこまった」

アルヴィンは、深く頷いた。

「すべて、承知致した」

顔を上げると、彼女は今度、母親の顔で柔和に微笑んでいた。

「頼りにしています、アルヴィン。あなたも私の誇りです」

言いつつ、玉座に戻っていった。

「それで、いつから行ってくれますか」

「どれくらい滞在するか次第だ。向こう何カ月くらい？」

「そんなに長期間いる必要はありませんよ。長くて一カ月くらいですか。少し様子を見たら一度帰ってきて私に状況を報告しなさい」

「承知した。ではこの週末に荷物をまとめて来週の月曜日に発《た》つ」

「それはまた、急ですね」

「男の荷造りなどそんなものだ」

そこまで言うと、話が済んだものと思ったアルヴィンは、「では」と言って立ち上がった。

それを引き留めるように、女王が言った。

「細かい日程については後で秘書官に紙に書かせてお前に渡そうと思いますが、とりあえず、宿について話しておきますね」

「宿？」

「リヒテンゼー伯の城に滞在できるよう伯爵と話をつけてあります」

アルヴィンは頷いた。リヒテンゼーは王国南部でもっとも大きな州だ。中心となる町は南方師団の駐屯地でもある。

「といっても、伯爵本人は王都で仕事があるので、お前の世話は向こうの城にいる家の者に託したいと言っていましたが。それとも伯爵についていってもらったほうがよいですか？」

「構わん。そんな厚遇《こうぐう》は必要ない」

「そう言ってくれると思っていました」

そこまで話すと、女王は話を切り上げた。

「よろしい、今日はこれで終わりです」

それを聞き、アルヴィンは「失礼」とだけ言って謁見の間を退出した。

「アルヴィン様っ！」

廊下に出ると、柱にもたれかかって待機していたロタールが目の前に飛び出してきた。

「陛下、何のご用でした？」

十メートルもの幅のある明るく開放的な廊下で政治的戦略の話をするのは気が引けた。

「後で部屋に帰ったら説明する。とりあえず、俺は一カ月ほどリヒテンゼーに行くことになった」

「バカンスですか？」

ロタールがぱっと笑顔を作る。

「やったー！　僕もお供します！」

「違う。仕事だ」

「なんだぁ」

リヒテンゼーはオストキュステ王国やヴァンデルン自治区と接する要衝《ようしょう》だ。

しかしそれ以上に――大きな湖があり、静かな森が広がっている、風光明媚《ふうこうめいび》な保養地だ。王都の人間からすれば、最高の避暑地なのであった。

「仕事って、軍のですか？」

「そうとも言えるし、王族としての、とも言える。ヴァンデルン絡みでちょっとな」

ロタールはそこで何か感じ取ったものがあるらしく一瞬言い淀《よど》んだ。だが次の時、またいつものへらへらとした笑みを浮かべた。

「まあ、でも、いいタイミングですね。この前ユディト嬢との婚約がまとまってリヒテンゼー伯と仲良くなれそうな雰囲気になったばかりですもんね」

彼に言われてから気づいた。

「あっ、リヒテンゼー伯ってシュテルンバッハ卿か？」

「えっ、気づいてなかったんですか？」

ユディトの父親だ。政治のことで頭がいっぱいで彼女のことがすっぽ抜けていた。

「急速に俺の心に暗雲が立ち込めた」

「でも、ユディト嬢はリヒテンゼーに住んでいるわけじゃないですからね。王都を離れるということは、ひと月の間お別れ、ってことじゃないんですか？」

ロタールに言われて、胸を撫で下ろす。

「そうだな、一カ月間離れ離れだ……よかった」

「僕にはなんでそんなに距離を置きたいのかわかんないんですけど、まあ、押してだめなら引いてみろって言いますし──」

「一回も押してない」

「独身最後の旅行ですよ。ぱーっとやりましょ、ぱーっと」

彼のこれでもかというくらいの前向きさに救われて、アルヴィンはほっと息を吐くのだった。


リヒテンゼー地方は光り輝く湖があるところだ。中心の町は湖のほとりにあり、水運や淡水魚を獲《と》る漁業、そして何より観光で栄えている。郊外には万年雪を冠した美しい山々があり、山、森、湖の揃った景色はホーエンバーデンらしいとされて外国人からも人気が高い。町から少し山のほうへ足を延ばすと温泉もあるので、湯治の客も絶えないのだそうだ。

馬上から長閑《のどか》な景色を眺めて、アルヴィンはほっと息を吐いた。

王都からリヒテンゼーの中心の町までは馬で二日半の道のりであった。街道沿いの宿場町をひやかしながらの行程で、仕事だと認識してまともに走ればひと晩でも行けそうだったが、ヘルミーネも軍の高官ものんびりのスケジュールでいいと言うので、お言葉に甘えてちんたら移動した。

アルヴィンは幼少期に乳母からどんなことでも自分でやるようにしつけられた。軍学校の寄宿舎での生活も長い。したがって生活上できないことはない。むしろ野戦になった時に飯盒炊爨《はんごうすいさん》をする知識と技術もあって、ロタールが「王子様なのに僕より料理うまい」というくらいだ。それでも、王族は王族である。結局、ロタール、護衛官と侍従官が一人ずつ、三人のお供を連れて合計四人の旅路になった。

このメンバーは気の置けない間柄だ。

観光客向けの酒場で郷土料理の肉を食らったり、夜更けまで酒を飲みながらカードゲームに興じたり――完全に四人で遊び呆《ほう》けている。

「アルヴィン様ー！　湖めっちゃ透けてます！　魚獲りませんか？」

お供の者たちが童心に帰っている。全員二十代半ばの立派な成人男性だったが、心が十歳以上若返ってしまった。

「城に荷物を置いたらな！」

ロタールと護衛官が、アルヴィンの許可を待たず、馬から下り、靴を脱ぎ、裸足《はだし》で湖に突っ込んでいった。叫び声が上がる。

「ひゃっほう！」

「冷てぇ！」

「まったく、子供ですね」

一人大人ぶった侍従官が呆《あき》れた声を出した。

彼は遊びは遊びでも大人の遊びをしたがっていた。宿泊した町でも艶《なま》めかしい酌婦のいるいかがわしい茶店に行こうとしていたのだ。金の管理をしているロタールが「最終的に経費の精算をする時に女王陛下がチェックするっていうのに女性のいる店に行ったってバレたらまずいでしょ」と言って止めたが、「そこは王子様のポケットマネーでどうにかしてくださってもいいんじゃないですか」と駄々をこねていた。最終的には護衛官が「婚約したばかりの身で女性と遊ぶのはヤバすぎでは」と言ったことで収まったが――さて、大人の遊びとは何だろう。

アルヴィンはそもそも女性があまり好きではない。瞳が紫でも王族は王族だからか声を掛けてくる女性は多かったが、いずれにしても構ってやるのが面倒臭い。髪形を褒め、化粧を褒め、ドレスを褒め、と考えているうちに疲れてくる。

可愛い、美しい、綺麗、可憐――それは素晴らしいことだと思う。けれど、彼女たちはふわふわしすぎていて、少し気を抜いたら粘り気が強い石鹸《せっけん》の泡のようにぼこぼこ噴き上がるので嫌だ。

ふと、ユディトの顔を思い出す。

彼女は男に対して媚《こび》を売るということを知らない。譲れないことが出てくればきちんと線を引いて自己主張をする。どこか不器用だが、まったく気を遣えないわけでもない。甘い言葉に誘惑されないし誘惑しようともしない。ただ、自分の信じた道を――王家への忠誠だけをまっすぐ貫く。

ちょっとぶっきらぼうなところも軍隊育ちのアルヴィンからすれば愛嬌の範疇《はんちゅう》だ。男友達のように多少つっついても平気な気がする。妻や恋人というより士官学校の後輩が増えた気分だ。そして、そう思うと逆に可愛い気がしてくるから不思議なものである。

婚約パーティの夜のことが浮かんだ。

月光に照らされた端正な横顔は美しかったが、その視線はまっすぐで、可憐さより、頼もしさや力強さがあった。すっと伸びた背筋、上半身の動かない歩き方、いずれも鍛えられた人間のもので、軸がしっかりとしている。

触れたら硬そうなのがいい。

しかしそれは女性に対する褒め言葉かと思うと疑問なので口には出せない。

ロタールと護衛官が水を掛け合って遊んでいる。付き合い切れなくなって、アルヴィンは馬を歩ませ始めた。その後ろを侍従官がついてくる。

「――俺、たまに自分は男色家なのかと思ったりなんかもする」

言ってから突然すぎる呟きだったかと後悔したが、侍従官は真面目に応じてくれた。

「あなた様の場合は、幼年学校で少年愛が流行《はや》るのと同じ理屈では？　周りにいる都合のいい人間が男ばかりなのです。いろいろなパターンで様々なタイプの女性と出会えば好みの女性が現れるかもしれません」

「それまで総当たり戦をやるのかと思うといろんな意味でキツいものがある」

「まあ、もしそうであったとしても我々があなた様にお仕えすることには何も変わらないので、今後も個人的に女性と親しくなることができない、どんな女性に対しても特別な愛情は感じられない、とおっしゃるなら別途対応しますよ。ただ、こちらとしては、本当にまったく受け付けないのか見極めるチャンスが欲しかったのです。王都の淑女たちともいろいろありましたからね」

闇に葬った歴史が次々と脳裏《のうり》に浮かんでは消えていった。

これでも昔から女性が苦手だったわけではない。士官幼年学校にいた十代の頃の文通相手だった侯爵令嬢――最初のうちこそ可憐で美しかった少女に浮かれていたが、日に日に束縛が強くなり、いつしか学校の同期に自分を婚約者として紹介してほしいと言い出して、あまりにも重くなったので女王経由でいろんな約束をなかったことにしてもらった。

士官学校にいた二十歳の頃、夜会で知り合った子爵の未亡人――まだ若く憂いを帯びた彼女にアプローチされたこともあったが、秘密だったはずの会話がいつの間にか宮廷じゅうに知れ渡っていて、女性の情報網に恐れをなして逃げ出した。さすがに年下の若者を誘惑したとなっては世間体が悪かったのか、彼女は自主的にアルヴィンの前から消え、気づいたら知らない男と再婚していた。

他にもいくつか掘り返したくない思い出があるが、いずれも最後は士官学校の友人たちがアルヴィンを囲んで慰めてくれたものだ。しかも彼らはアルヴィンのやらかしたことを根掘り葉掘り聞き出そうとはしない。ただ酒を飲み、くだらない冗談を言い、笑い飛ばす。それがあまりにも心地よくて、他の人間とは仕事以外でやりとりしなくなってしまった。

結果、この二、三年ほど完全に女性との私的な交流を断ってしまっていたのだ。

「女王陛下のご英断に感謝しています」

「苦労をかけているな……」

「いまさらです」

ロタールと護衛官が置いていかれたことに気づいたらしく「待ってください！」と言いながら追い掛けてきた。

いずれにせよ、結婚する覚悟が決まる前に一度離れられたのはありがたい。リヒテンゼーの視察はいい気分転換になりそうだ。

この時までは、そう思っていた。


湖のほとり、町の端から二、三キロの辺りに、中世さながらの古城が建っている。重々しい灰色の石を積み上げた壁に、小さな赤い石を重ねて造った屋根の、こぢんまりした城だ。

落成から数百年が経過しており、大砲への備えがないので、近代戦の城塞としては役に立たない。だが、門から玄関までの間が湖の上で、橋を渡らなければ中に入れない仕組みになっている。いざとなったら橋を落として籠城《ろうじょう》できる。

見た目がなんとなくロマンチックだった。おとぎ話の海の上のお城のようだ。事実観光名所でもあるらしい。

城の名前はシュピーゲル城だそうだ。シュピーゲル、とは、この辺りの言葉で鏡を意味する。晴れた日に湖面にその姿が映ることからそう名付けられたらしい。やはりロマンチックである。

「森の中の湖畔に建つ中世のお城とか、メルヘンすぎる……」

ロタールが呟いた。同じことを考えていたようだ。

門の両脇に武装した青年が二人門番として立っている。二人ともこちらには気づいているようで、爽やかな笑みを見せていた。まさしく観光地だ。

「すみません」

ロタールが近づいていって話し掛けた。

「我々は女王陛下の使いでやってきた者です。あちらがアルヴィン殿下。女王陛下からシュテルンバッハ卿のご厚意でシュピーゲル城に滞在させていただけることになっているとお聞きしたのですが」

二人はすぐに頷いた。

「聞き及んでおります」

「どうぞこちらへ」

橋を渡る。橋の下二メートルほどのところに湖面があり、城の優美な姿が反射してゆらゆらと波に揺れていた。

門番の指示どおり馬小屋に馬をつないで、玄関へ向かった。門番はすぐ両開きの扉を左右から押し開けてくれた。

中は玄関ホールにしては狭かった。窓が小さく自然光が少ないので薄暗い。側面は剝《む》き出しの石壁だ。真正面の壁に主イエスが磔刑《たっけい》になっている十字架が掲げられていて、敬虔な一族が暮らしてきたのだろうと思わせられた。十字架の下に穴が開いており、そこから、右に上へ上がる階段、左に下へ下りる階段が伸びている。典型的な中世の城だ。住み心地はあまりよくないかもしれない。

「お客様がお見えです！」

門番が声を張り上げると、下の階段から中高年の女性たちがわらわらと湧いてきた。どうやらこの城の女中たちのようだ。玄関ホールの左右の壁の前に分かれ、アルヴィンたち四人に向かって頭を下げた。

「ようこそお越しくださいました」

次に、一番手前にいた、真っ白な髪の老女が言う。

「今しばらくお待ちください、すぐご当主様のご名代《みょうだい》が下りてこられますので」

声も背筋もぴんとしていて芯があるが、年齢はおそらく七十歳くらいだろう。女中頭かもしれない。

女王が、シュテルンバッハ卿は王都で外せない仕事があるから同行できず、代わりの家の者が対応すると言っていた、という話をしていた気がする。シュテルンバッハ卿の親族だろう。息子か、弟か、その辺に違いない。そう予想していた。

ややして、階段を下りてくる青年の姿が見えた。

アルヴィンは目を丸くした。

短く切られたさらさらの亜麻色の髪、滑らかな白い肌、まっすぐ伸ばされた背筋――長い睫毛に守られた亜麻色の瞳の彼、いや、彼女は――

「ユディト⁉」

名を呼ぶと、彼女も驚いた顔をした。

「アルヴィン様が父上のおっしゃっていたお客人なのか？」

女中頭が超然とした態度で「さようでございます」と言った。

「なん、どういうことだ」

動揺のあまり変な声が出てしまった。けれど空気の読める同行者たちはそれを指摘しなかった。ユディトもだ。というより彼女のほうがずっと混乱しているように見える。

「だが――え？　父上の仕事の大事な仲間だというから、私はてっきり、父上と同世代の人が来るものとばかり――え？　ちょ、えっ？　なんだ貴様は」

「なんだ貴様は、じゃない。お前俺に対してかなり失礼だな」

「つまりアルヴィン様がうちに一カ月滞在なさるということか」

言われて、目を丸くした。

「父上は……私に……アルヴィン様を一カ月もてなせと……そうおっしゃったということか……」

アルヴィンの手にあった荷物が、どさり、と床に落ちた。

「なぜここにいる？　もしかしてお前も一カ月ここに住むのか？」

「父に、結婚する前に先祖代々の墓廟《ぼびょう》に挨拶に行け、と言われて。ついでにお客様が来るからしばらくお世話をしろ、と――」

ユディトはそこで一回言葉を切った。

「――父上にはめられたのだろうか」

二人ともしばらくの間無言だった。

辿り着いてしまったのだから仕方がない。今から町に戻って宿探しも面倒だし、王家とリヒテンゼー伯爵家が微妙な間柄だと思われたら困る。さすがのアルヴィンもここで飛び出せるほど子供ではなかった。

結局、アルヴィンたち一行は予定どおり城に宿泊することにした。もしかしたら明日以降南方師団の施設に泊めてもらえるかもしれないという一縷《いちる》の期待を抱きつつ、まずは今夜の宿だ。

四人はユディトと女中頭の老女に城の中を案内してもらった。

「便所は廊下の一番奥だ」

そんな感じで説明するユディトに、「便所ってなんだ、お手洗いとか言えよ」と突っ込むと、「そんな言葉尻をあげつらうのか」と言われてしまった。隣でロタールが笑った。

「で、最後に。主賓《しゅひん》の部屋はここだ」

階段の踊り場からすぐの部屋の扉を開ける。

今までに見てきたロタール以下従者たち用の客室に比べると、ひと回り広い部屋だ。壁にはドラゴンに槍を突き立てる甲冑《かっちゅう》姿の青年――聖ゲオルギウス、なんだかシュテルンバッハ家の人間が好きそうな題材――の織り込まれたタペストリーが掛けられ、床にはまだ新しそうな絨毯《じゅうたん》が敷かれている。暖炉はきれいに掃除されていて中に何もない。

アルヴィンはベッドに向かって適当に荷物を放り投げた。

「ついでに――」

ユディトが踵《きびす》を返す。

彼女の視線の先を辿る。廊下に扉が三つ並んでいる。

「あの、三つ目のドア――一番奥の部屋が私の部屋だ。夜は常にいるようにするから、何かあったらお声掛けいただければ対応する」

同じ棟の同じ階か、と思うと少し気が重い。ロタールたちも同じ棟だが階はひとつ下だ。

そんなアルヴィンの胸中を読んだかのように、女中頭の老婆が笑う。

「間の二部屋は空き部屋にございまする。夜になると、この階はお嬢様だけになりまするなぁ」

夜這《ば》いしたい放題である。

「リヒテンゼーは治安がいいことでも評判だが、万が一夜盗が入っても私一人で撃退できると思う」

そういう問題ではない。

もはや突っ込むのも馬鹿馬鹿しくなってきた。

「じゃ、俺は部屋で少し休む」

女二人から離れたくなったアルヴィンはそう告げた。ユディトも女中頭もなんとも思わなかったらしく、「承知した」「かしこまりました」としか言わなかった。二人が階段を下り始める。

「僕も失礼しま――」

ロタールの服の襟《えり》をつかんで後ろに引っ張った。ロタールが「ぐえっ」とうめいた。

「お前はちょっと来い」

「なんでですか。僕も荷ほどきしたいんですけど」

「いいから来い」

侍従官が「僕らは？」と問い掛けてくる。アルヴィンはロタールをつかんでいるのとは反対の手で追い払う仕草をした。アルヴィンの挙動不審に慣れている彼らは特に何も言わずユディトたちに続いて去っていった。

陛下に行く人々の姿が完全に見えなくなってから、ロタールを引きずって部屋に入った。周囲に人がいなくなったのを確認してドアを閉める。

「何なんですかいったい」

「お前知ってたのか」

「何をです？」

「ユディトのこと」

「知ってるわけないじゃないですか」

ロタールは襟を直しながらそう主張した。

「知ってたらついてきませんよ！　アルヴィン様、僕がいたら僕べったりになっちゃうんですもん！　結婚賛成派としての僕を貫くなら何らかの理由をこじつけて今回の旅そのものを辞退しました」

「なんだそれ、その、結婚賛成派って。反対派がいるのか？」

「アルヴィン様ご本人お一人です、他に知りません」

「俺一人で籠城戦か」

「援軍は来ないのでさっさと降伏してください。今ならまだ間に合う！　今ならまだ死者は出ていない！」

「俺一人だから死者が出た場合それは俺だな」

「何がそんなにご不満なんですか」

強気な態度で問うてくる。

「据え膳食ったらいいじゃないですか。誰もとがめませんよ。ご覧くださいこの親たちによる立派な据え膳、三食フルコースで宮廷のディナーが出るみたいな状況！」

「胃もたれ確定だろ、それを喜んで食えるほど若くないぞ俺は」

「いいや若いんですよ。女性と二人きりになるのを恥ずかしがったり自分の気持ちを言語化して相手に伝えることができなかったりするからそういう態度なんです。少年なんですよ。心が童貞なんです」

アルヴィンは黙った。ロタールが核心をついてきたからだ。この男は本当にアルヴィンのことならなんでも知っているのだ。

そういうアルヴィンの内心を見透かしているのか、ロタールはさらに踏み込んできた。

「どうしても、どうしてもどうしてもお嫌なら、二人で示し合って何らかの手段で陛下に諦めていただくよう仕向ければいいと思います。二人で打ち合わせて、協力して、一致団結して。さすがの陛下もそこまでされたら引くでしょう、ルパート殿下の件で懲《こ》りてるんですから」

「あの陛下にたった二人で立ち向かえと？」

「手段は拙《つたな》くてもいいんですよ。成功率の低そうな正面からの正攻法でもいいんです。陛下は喜んで他国を陥れるタイプの女王ですが息子のアルヴィン様もそれに倣《なら》う必要はありません。むしろ大事なのは誠意では？」

人差し指を立てて振る。

「現実に向き合ってください。現実に、というか、ユディト様に」

アルヴィンはうつむいた。

「そうかもな。お前の言うとおり、俺が逃げているのかもしれない」

さらにとどめを刺す気らしい。ロタールはまだ続けた。

「もっと言えばですよ？　アルヴィン様は女王の養子、実際の血縁関係も甥です。ご出生時のごたごたさえなかったら、甥であっても、王位継承権の順位は相当高かったはずなんです。伯爵からしたら娘を嫁がせて姻戚になりたいでしょうよ。まっとうな貴族で政治的野心のある男なら、喜んで娘を差し出すんです」

立派な髭の、騎士の血と心意気を継ぐ屈強な軍人の男の顔が浮かんだ。

あの男にそういう細かい戦略があるようには思っていなかったが、冷静に考えれば、ないほうがおかしい。

むしろ、ない、と言われたら怪しい。ホーエンバーデンの王家と姻戚関係になりたいと思わないということは、他国の王家と結びつこうとしているかもしれないということだ。そっちのほうが重大な裏切り行為である。

「そして伯爵令嬢に生まれついた以上、ご本人もそれをご承知のはず」

父親によく似た娘の顔が浮かんだ。男だったらきっと屈強な軍人になっただろう。

「社会的には、いいですか、倫理道徳がどうとかロマンやらメルヘンやらがどうとかを抜きにすれば、両家ともハッピーな結婚なんです！　それを覆《くつがえ》したいなら、倫理道徳がどうとかロマンやらメルヘンやらがどうとかに訴え出るために、二人の間で合意を得てください！」

その時だ。ドアをノックする音が聞こえてきた。

なぜかアルヴィンではなくロタールが「はーい」と返事をした。

「ロタール殿がいらっしゃるのか？」

ユディトの声だ。

「アルヴィン様は？」

「一緒にいますよ。どうかしましたか？」

「一ケ所案内し忘れた部屋がある。早急にお伝えせねばならんと思い、声を掛けさせていただいた」

「ちょっと待ってくださいね」

ロタールはアルヴィンの返事を待たずにドアを開けた。

そこに立っていたのはユディト一人だけだった。

アルヴィンはつい、ユディトを眺め回してしまった。

男物の服を着ているが、白いシャツの胸がふんわり膨らんでいるのがわかる。ヘリオトロープ騎士団の制服のデザインや生地は凝っていて体型が出ないようになっているが、男物でも布の薄い夏服の今はいつもより女性的で艶かしく感じるのだ。どこの仕立て屋でも作れそうなトラウザーズも倒錯的に思えてくる。

女王や王女の趣味できちんと手入れさせているらしく肌は綺麗で滑らかだ。化粧っ気がなく少し淡泊な顔立ちに見えるが、手間をかければ充分美しくなることは先日のパーティで立証済みだ。

そういう問題ではない。

では、どういう問題か。

「俺は何が気に入らないんだろうな」

口から出てしまった。

ユディトが顔をしかめた。

「私に何か気に入らないところが？」

察しがたいへんよろしい。

「案内し忘れた部屋というのは？」

ロタールが笑顔で割り込んできた。できる男である。

「ピアノがある部屋があるので使われたらいかがかと」

「ピアノ？　弾けと言うのか？」

頬を引きつらせて問い掛けると、彼女はこともなげに答えた。

「ああ」

「お前な、ひとにそういう一発芸みたいなことはさせるなと前に言わなかったか？」

「いや、別に、私がお聴きしたいとか、他のお客人に聴かせるとか、そういうのではなくて」

言われてから、目が覚めた。

「楽器をやる人は、皆、毎日練習しないと腕が鈍《なま》ると言うから。アルヴィン様も、毎日弾きたいのではないか、と思ったのだが――」

彼女なりの思いやりで、アルヴィンの趣味への配慮なのだ。

「ご興味がないなら構わない」

「あ、いや……」

部屋から一歩離れようとした彼女を引き留めるように投げ掛けた。

「弾く」

彼女の表情が、ほんの少しだけ、緩んだ、気がした。

「アルヴィン様がピアノの部屋にいらっしゃる時は人を近づけさせないようにする」

そうまで言われてしまうと逆に悲しいが、ここで聴いてほしいとも言えない。

「……まあ、とりあえず、どの部屋か教えてもらえるか？」

彼女は頷いて、「こちらへ」と言ってから歩き出した。


正直なところ、ユディトも最初は戸惑っていた。

もともとヘリオトロープ騎士団には交代制の夏季休暇制度があり、たまたまユディトが身内で一番早く休みを取っただけだ。先祖の墓廟のあるリヒテンゼー聖母教会に行きたかったのも本当である――何せ結婚したらリヒテンゼーではなく王都の王家の教会に葬られることになる。したがってユディトは本当に何も考えず最初からリヒテンゼーにいた。

そこに後からアルヴィンが送り込まれてきたのだ。

父がわざとアルヴィンに南方師団の仕事を振ったに違いない。父もまた軍の高官なのでそれくらいのことは造作《ぞうさ》ない。まして裏で女王とつながっている。

ヘリオトロープ騎士団に所属する者は皆良家の子女だが、中には地方の大きな土豪の娘もいて、田舎のおかしな風習について話を聞くことがある。

曰《いわ》く、旅行中の貴人が来たら積極的に宿を提供する。夜、我が子の中で一等美人の娘を侍《はべ》らせる。そして既成事実を作る。最終的には、責任を取らせて嫁がせる。

そういうのを、ユディトの身内もやろうとしているのではないか。

そんなことをしなくても結婚は決まっている。時が来たらユディトはおとなしく嫁に行く。女王が望んでいる以上それは絶対のことであり、ユディトの中では動かぬ宿命なのだ。

しかしここでひとつ問題がある。

なんとなく、アルヴィンに嫌われている気がする。正面を切って嫌いだと言われたわけではないが、微妙な距離を感じる。

最初は男など皆そんなものかと思っていたが、ここ数日アルヴィンの連れてきた従者たちと話をする機会があって、彼らの態度を見ているうちに、アルヴィンだけが特別ユディトと距離を置きたがっているのだと悟ってしまった。

どうせなら、仲良くしたい。何せ一生付き合うのだ。

だが、ユディトにはそれを直接本人に言えるほどの勇気はない。だいたい女からそういうことを言うのははしたなくないだろうか。

時々、最初に決闘を申し込んでしまったのを思い出す。第一印象が悪すぎる。すぐ腕力に訴える乱暴な女だと思われたのではないだろうか――事実そうなのだがどうしよう。

もうちょっと二人の時間をもって、交流をして、互いのことを知る時間が必要なのではないか。

そう思うと、父にちょっぴり感謝である。


というわけで、ユディトは土曜日の朝アルヴィンを湖に連れ出すことにした。二人で出掛けたらちょっとした会話もあるのではないかと思ったのだ。

「――なあ、ユディト」

小舟の端に座ったアルヴィンが、気難しそうな顔をして声を掛けてくる。

「好きなのか？」

「何が？」

「釣り」

ユディトは頷いて答えた。

「ああ、こっちに来るたびにしている」

小舟の、アルヴィンとは反対側の端に座って釣り竿《ざお》を振り、湖に釣り針を投げ込みながら、だ。

朝の湖は静かだった。夏になって南方から帰ってきた水鳥たちが岸辺近くで泳いでいるが、人間はアルヴィンとユディトしかいない。

二人はしばらく無言で釣り糸を垂らしていた。

「……いや、ユディト」

「なんだ」

「普通男女が出掛けるのに釣りはなくないか？」

「えっ。そうなのか？」

「童話の国リヒテンゼーで、美しい山や森があって中世さながらの木骨造りの家々が並ぶ町もあるのに、湖で釣り……とは……」

ちなみに木骨造りとは木材を筋交いとして斜めに組む建築方法のことである。漆喰《しっくい》の塗られた白壁に黒い斜め十字の柱が浮き出ているように見えるので、見た目は愛らしく美しくなる。絵本にもよく出てくる古き良きデザインの家だ。

「湖は、リヒテンゼーのもっとも価値ある財産だと思っていたが……」

「まあ……そうなんだろうけどな……」

「町か森の散策のほうがお好みか？」

不安になって問い掛ける。

「いや、そう言われると困るんだが」

アルヴィンは微妙な顔をしてそう答えた。

「まあ、いいか。お前らしいし、俺も気を遣わないいか」

ところがユディトとしては非常に気を遣う。何せ、釣りというものは、魚が引っ掛かるまで何もせずその場で待たなければならない遊びである。釣り人はこの待ち時間に会話を楽しんで交流を深めるのだ。自分でセッティングしておきながら、なかなか気まずい。

さて、何の話をしよう……。

「リヒテンゼーにはちょくちょく来るのか」

質問されて胸を撫で下ろした。アルヴィンのおかげで会話ができる。アルヴィンより自分のほうが口下手であることを思い知らされる。

「ああ、毎年、夏に。冬に来ることもあるが、山が近くて寒いからな」

周囲の山々を見渡した。

「夏のリヒテンゼーは世界で一番美しい。緑の森、透き通った湖、天高く蒼《あお》い空。私たちにとって自慢の地だ」

「そうだな」

アルヴィンは少し表情を緩めて頷いてくれた。

「長閑な、いいところだ」

褒めてもらえるのが嬉しかった。生まれた時から父の土地として親しんできたこの地をユディトはどこよりも愛している。

「今のうちにめいっぱい遊んで堪能《たんのう》しておかなければ」

「今のうちに？」

「結婚したら来られなくなるだろう？　こうして夏のリヒテンゼーでのんびり過ごすのは今年が最後だ」

何気なく言ったつもりだった。

アルヴィンがこちらを向いた。目を丸くして、驚いた顔をしている。

「結婚するから、これが最後なのか」

予想外の反応に動揺しつつも、ユディトは答えた。

「ああ。リヒテンゼー伯爵家から離れて、王家に入るのだから。まあ、アルヴィン様がお望みなら、旅行くらいは来るかもしれないし、父はシュピーゲル城に泊めてくれると思うが」

「お前は嫌じゃないのか」

「何が」

「結婚するのが」

いまさらそんなことを訊《たず》ねられるとは思っていなかった。

「いや、最初はいろいろと思うところはあったが、今はまったく」

「本当に？　大好きなリヒテンゼーにも自由に来られなくなる、騎士団も辞めなければならなくなるかもしれない、そういう条件でもお前は結婚すると言うのか」

「ああ。陛下も父も、何よりヒルダ様が楽しみにしておいでだからな」

「陛下やシュテルンバッハ卿やヒルダはどうでもいい」

何をそんなに思い詰めているのかはさっぱりわからないが、アルヴィンは真剣な表情で問い掛けてくる。

なんとなく、心配されているのだろうか、と思った。

確かに、リヒテンゼーや騎士団と離れるのは、ユディトにとってはつらく悲しく寂しいことだ。しかし男のアルヴィンがそんなことを考えてくれるとは思ってもみなかった。女として生まれた以上は忘れなければならないと思っていたのだ。

心配してくれるだけで嬉しかった。身は離れても心は離れずにいることを許してくれるのではないか。アルヴィンはユディトの実家を思う気持ちやヘリオトロープの騎士としての誇りを取り上げないでくれるのだ。

「お前自身は、どう感じているんだ」

アルヴィンがどんな答えを求めているのか一生懸命考えた。彼に安心してもらいたかった。しかしうまい言い回しが浮かばない。

仕方なく「何も」と答えた。

「主体性ってないのか?」

「しゅたいせい?」

「お前の意思はないのか。陛下やお父上やヒルダに託して、考えることを放棄していないか?」

初めて言われたことだった。それが問題などと今まで思ったこともなかった。

でもそれがアルヴィンは面白くないようだ。

「私がどうしたら納得するのだろう」

「今度は俺になすりつけるのか？　自分で考えろ」

「私は人に尽くすのが好きなのだ。皆のためになることをするのが私の喜びで、強いて言うならそれが私の意思だ。だからアルヴィン様も私に求めることがあるならおっしゃってほしい」

「気に食わない」

何を怒っているのだろう。

「俺は、お前のそういうところが好きじゃない」

ユディトはしばらく黙ってアルヴィンを見つめていた。

考えても、考えても、ひとの心というものはわからない。

ところが――次の時だ。

「俺のためを思うなら、お前自身が決めてくれ」

そう言われた瞬間、ぱっと視界が開けた気がした。

「アルヴィン様は、ひょっとして、私の意思でアルヴィン様に決めたと言われたいのか？」

言葉にして口から出した。言語化すると思考が形になって、物語が次々と組み上がっていくのを感じた。

なんだか微笑ましくなって、ユディトは思わず笑ってしまった。

「アルヴィン様は、本当は、私に選ばれたいのだなあ」

言った途端だった。

アルヴィンが釣り竿を放り出した。釣り針に引きずられて湖の中に沈んでいった。

「帰る」

「えっ」

余計なことを言ってしまった。どうしよう。

だが次の言葉を考えるよりまずアルヴィンを止めなければならない。

アルヴィンが、強引に櫂《かい》をつかんで小舟を動かそうとしている。

バランスが取れない。

「ちょっと、お待ちいただきた――」

アルヴィンが小舟の上で激しく動いた。

しまった、反対側の端にいる自分が体重を移動させねば――しかしどういう風に――

小舟が大きく傾いた。

「あっ」

ひっくり返った。

二人は湖に投げ出された。

「本当に、こればっかりはさすがに俺が悪かった。すまん」

岸辺の砂利の上にそっと下ろされた。

言葉が出なかった。

怒っているからではない。もともとそんなに怒っていない、自分が彼のプライドを傷つけるようなことを言ったせいだと認識しているからだ。

湖に投げ出されてもがいていたユディトを、アルヴィンが、抱えて水面に運んだ。足がつくところまで移動すると、今度はユディトを抱き上げた。片腕を膝の裏に回して、もう片方の手で腰を支え——いわゆるお姫様抱っこである。五、六歳の時、父にされて以来だった。

水から上がって浮力を失っても、彼は平気な顔で陸に上がった。その間ユディトはずっと黙って彼の首に腕を回していた。

そして絶望するのだ。

自分はヘリオトロープ騎士団ではおそらく一番筋肉量があって重いはずだが、男のアルヴィンからすると軽い。

だから、こんな、お姫様のような扱いを受けてしまった。

恥ずかしさと悲しさと悔しさとでどうにかなってしまいそうだ。

岸で呆然としているユディトに背を向け、彼は転覆したまま舟底を見せて浮いている小舟に泳いで近づいていった。舟をひっくり返し、元に戻してから、岸辺の桟橋に引っ張っていき、縄で杭に固定した。

そのうち、桟橋《さんばし》に上がり、岸辺を迂回《うかい》して、ユディトのところに戻ってきた。

「お前、泳げないんだな」

「アルヴィン様は、どこで泳ぎを?」

「士官幼年学校で」

泣きたくなった。彼が軍事教練の一環で泳ぎを習っていた頃、自分はもうすでにヘリオトロープ騎士団に加入していたはずだが、さて、何をやっていただろう。王女のお供として夜会に出てもいいよう行儀作法を習っていたのではなかろうか。

これが、男と女の差だ。

「寒いな」

アルヴィンがろくにユディトの顔を見ることもなく呟く。

「水が冷たかった」

ユディトは慌てて取り繕って「雪解け水だから」と言った。何かどうでもいいことを喋らないと自我が保てない気がした。ここで癇癪《かんしゃく》を起こしてまた揉めるのは得策ではないということは学習している。

「山の中腹に泉が湧いていて……川が……途中に滝があって――」

「寒いか？　声が震えている」

下唇を噛《か》んだ。

「急いで城に戻って人を呼んでくる。着替えとか拭くものとか、いろいろ要るだろ」

一度大きく深呼吸をしてから、立ち上がった。

ここで動揺して余計なことをしてはならない。優雅で品格のある大人の女性でなければならない。

「城まで少し距離がある。すぐそこに釣り小屋があるから、そこで、火を焚《た》いて、温まって、服を軽く乾かしたほうがいいと思う」

言いながら桟橋の向こうを指した。

数十メートル先に、岸辺に何十本もの杭を打って柱にした小屋が建っている。簡単な木の板でできた小屋で、三匹の子ブタの狼がやってきたら吹き飛ばされそうなつくりだが、一応中には暖炉があって煙突がついている。

「そうだな、城まで往復している間に冷えるよな。行くか」

そう言って、アルヴィンが歩き出した。

ユディトはその後ろをとぼとぼとついていった。


この釣り小屋はシュテルンバッハ家の使用人たちが共用しているもので、定期的に誰かが使っては去る前に掃除をしていく。したがって中はきれいに片づけられていて、床は板敷だったが腰を下ろすことに抵抗はなかった。

水に濡《ぬ》れたせいか、それとも感情がひどく揺さぶられたせいか、ユディトは暖炉の前で力尽きてしまった。その場に座り込んだまま何もせずに黙っていた。

初めて来るはずのアルヴィンのほうが機敏に動き回っていて、出入り口付近の壁際に積み上げられた薪《まき》を暖炉に放り込み、棚から火打ち石を探し出し、火をつけてくれた。

それもまた、ユディトを打ちのめした。水に濡れたくらいで動けなくなる人間にヒルダを守れるのか、と思うと情けなかった。

火はじわじわと燃えていく。一気に暖かくはならないが、じきに温度が上がっていくだろう。それに今はもう六月で時刻はまだ午前中だ。服さえ乾けばどうにでもなる。

突如後ろから頭に何か布状のものが飛んできた。具合よく広がってユディトの頭を覆《おお》い隠した。

「タオルを見つけた。それで体を拭け」

ユディトはのろのろと立ち上がった。彼の言うとおり、体を拭かなければならない。それから、濡れた服をどうにかして乾かさなければならない。

頭のタオルを足元に置いてから、服の首元、襟の下を留めていたリボンをほどいた。そして、服の裾をつかんで、一気にまくり上げようとした。

「待て待て待て待て」

後ろから羽交い締めにするように腕を回された。大きなたくましい手に手首を握り締められた。

「そんな豪快に脱ぐな、せめて脱ぐ前に何か言え」

彼の手を見る。

自分の手より大きい。

とても悲しい。

「……脱ぎます」

「……なんか、俺が何か言えと言ったのに悪いが、そういう宣言の仕方をして脱がれるのも微妙な気持ちだな」

手が離れた。

「後ろを向いていてやるから、脱いだらタオルで隠せよ。あと、下は脱ぐな、冷たくても我慢しろ」

振り向きつつ訊ねた。

「隠すとは何を？」

アルヴィンが怖い顔をして答えた。

「胸とか腹とか胸とかだろ」

そこまで聞いてようやく、同性だらけのヘリオトロープ騎士団の更衣室とは違うのだ、というのを認識した。

ユディトが頷くと、彼は後ろを——窓のほうを向いた。

彼自身も服を脱ぎ始めた。濡れて張りついていたシャツを引き剝《は》がした。

窓を開け、窓から両手を出して服を絞る。窓の外、湖の上に大量の水滴が落ち、びちゃびちゃという音がする。

筋肉の隆起した肩、それから背中を眺める。その背中は広く胸板が厚い。腕も筋肉で太かった。

「……なに見てるんだ」

「うらやましい」

とうとう、言葉が口から出てしまった。

「男だったら裸になっても問題はないのかと思うと」

「いや、俺は今お前に見つめられてかなり恥ずかしい思いをしているが」

「だが女の私だと急いで胸を隠さなければならない」

「それは……、まあ、そうだな」

窓から片腕を出し、服を振ってぱんぱんと鳴らす。

「ちょっと見えたくらいでは何もしない。そこは約束する。でも一応節度としてだな――」

「本当にうらやましい」

次の瞬間、視界が滲んだ。

恥ずかしかったが、止まらなかった。

次から次へと液体が溢《あふ》れて、頬を流れていく。

「私はずっと弟がうらやましかった。男に生まれていたらもっとたくさんできることがあっただろうにと。今、あなた様を見て同じことを考えている」

アルヴィンが手を止め、息を吐いた。

「俺、何か、特別なことをしたか？」

「泳いだり」

「軍の学校に行けば嫌でもやらされる」

「私を姫抱きにしたり」

「あれはコツがあるんだ、教えてやるからお前も帰ったら騎士団の同僚で試してみろ」

「裸になっても恥ずかしくない」

「何度でも言うが俺は今恥ずかしい」

窓枠に濡れた服を引っ掛け、こちらを向く。

床に置いたタオルを拾い上げる。両手で広げる。

タオル越しに、右手でユディトの左頬に、左手で右頬に触れた。

「拭いてやる」

「いい。私はそこまでお嬢さんではない」

「いいから。お前今顔真っ青だぞ」

抵抗する隙を与えず、頬だけでなく髪も拭き始めた。犬の毛を乾かすように思い切り、力任せに、頭を左右にがしがしと拭いた。

「だんだんお前が何を好きで何が嫌いかわかってきたぞ。思っていたより単純だな」

「私を馬鹿になさっておいでだ」

「言い方が悪かった。お前は素直で筋が通っている」

思い切り拭かれてぼさぼさになった頭を、手櫛で整える。男の太い指が髪の間をすり抜けていく。

「俺は、お前に女であることを押し付けるつもりはないし、自分が男だから女のお前よりよくできると言いたいわけじゃない。俺にもできることとできないことがあって、お前にもできることとできないことがある」

「そういうことは、ご自身が男だから言えるのだ」

「体が冷えて考え方が後ろ向きになっているんだろう」

「では脱いでもいいか？　服が冷たいのがよくないに違いない」

少し間が空いた。

やしてから、アルヴィンは、「ああ」と頷いた。

服の裾をつかんだ。今度こそ、思い切り頭のほうへ引き上げた。下着として着ていた中のシャツごと、だ。そうすると白い肌が、なだらかに膨らむ胸が、引き締まり筋の入った腹があらわになる。

今度こそ、アルヴィンは何も言わなかった。無言で、頬を拭いたように首や肩を拭いたのち、タオルで上半身全体を包んだ。

そして、そのまま、抱き締めた。

タオル越しに裸の胸と胸が触れる。

「元気出せ」

「無茶なことをおおせになるな」

大きな手が、ぽんぽんと、後頭部を優しく叩く。

「なあ、ユディト」

耳元で優しく囁《ささや》くように問い掛けられた。

「思うんだが。子供を作ったら、お前はもっと、自分が女であることを考えさせられるぞ。その状態で、妊娠したり出産したりして、大丈夫なのか？」

アルヴィンの肩に頭をもたせかけつつ、ユディトは、頷いた。

「女であることが嫌なわけではない。女であることをひとに思い知らされるのが嫌なのだ。騎士団にいれば、私より小さくてふわふわした生き物ばかりだから、思い知らされることはなかった」

「なるほど、なるほど。よくわかった」

優しく、撫でるように叩く。

「俺はもうお前のことを女の子だとは思わない」

その言葉が、胸に染み込んでくる。

「ただ、人間はそれぞれ、できることとできないことがある。お前にできないことがあってそれが俺にはできることだった場合、俺は手を出し続けるぞ。それは、覚悟しておけよ」

「あなた様にできないことがあってそれが私にはできることだった場合は、私が手を出してもいいのだろうか」

「もちろんだ」

「それならいい」

目を、固く、つぶる。

「話をすると、わかることもあるんだなあ」


シュピーゲル城の三階、南西の一角に、その部屋はある。

アルヴィンは一人その部屋にこもってピアノを弾き続けている。

思考を遮断したいからだった。精神的修養であり、同時に鬱憤《うっぷん》の発散でもあった。

アルヴィンは、今、月曜から金曜までの五日間、朝食を取ってから南方師団駐屯地の司令部に出勤するようにしている。誰かに直接週五日来てくれと言われたわけではないが、それくらいの頻度で通わなければ片づかないと思った。想像以上にやることがある。

南方師団の人間は中央の趨勢《すうせい》を知りたがっていたし、同時に、自分たちの主張を中央に伝えたがっていた。

女王ヘルミーネはめったにリヒテンゼーまで来ない。王太子ルパートも積極的に外出しようとはしなかった。ルパートの下は十四歳のヒルダだ。南方師団はアルヴィンが来たことでようやく自分たちが王族とつながったと思い、アルヴィンに過大な期待を寄せてきた。

この、人と人とのつながりを作るということがアルヴィンにとっては大の苦手分野だ。

来る日も来る日も要人との会談や昼餐会でアルヴィンの心は死にかけていた。自分が本当に笑えているか心配になる——本当にまったく笑えていなかったら傍についていて回っているロタールが何か言ってくれるものと信じる。

王都にいた頃はよかったと、たった数日で思わされた。アルヴィンは王都ではひとりの尉官でしかなく、王族として形ばかりの部下を与えられて不遇の立ち位置に追いやられたと思い込んでいたが、ヘルミーネの取り巻きである軍上層部はちゃんとアルヴィンを理解していたということだ。

向き合うべき現実は宙ぶらりんの王都ではなく不平不満をぶつけられるリヒテンゼーのほうだ。

これが王族として自分の活動に責任を持つということか。

それが重くて仕方がなくて、アルヴィンは一人引きこもれる場所を探した。結果辿り着いたのがここだ。

ここにいれば誰も近づいてこないはずだった。ユディトがそう仕向けたからだ。きっと宮殿でヒルダと盗み聞きしていた時にアルヴィンが怒ったのを憶《おぼ》えているからだろう。

ところが、昨日ロタールがこんなことを言い出した。

曰く、他ならぬそのユディトが密かにこの部屋の近辺をうろついているという。こっそり歩き回ることで聞き耳を立てているのではないか、とのことだ。

アルヴィンは悩んだ。

ほんの数日前までは、ひとにピアノを聴かれるのが嫌だった。自分の気分転換のためだけに弾いていた。けして誰かのためではなかった。

ロタールにそう聞いてからというもの、アルヴィンは自分の気持ちが変化しつつあることに気づいた。

彼女を湖の中に放り込んでしまった一件以来、彼女を見る目が変わりつつある。彼女の態度が軟化してきたからだ。

彼女が自分の様子を窺っている。不器用な言葉で、手探りで、アルヴィンが昼間彼女のいないところで何をしているのか訊ねてくる。城にいる間も一挙手一投足を見つめている。

アルヴィンのことを非常に気に掛けている。

興味がないのではなかったか。

女王やヒルダに言われるがまま結婚を決めたのであって、アルヴィンの人格には関心はないのではなかったか。

アルヴィンのピアノを聴きたがっている。

アルヴィンのことを知りたがっている。

部屋に入ることを許してやってもいいのではないか。

今弾いているのは最近流行りの作曲家が作ったシンプルだが軽快なリズムの心地よい曲だ。一説によると恋人に捧げるために作られた曲らしい。ゴシップには興味のないアルヴィンに詳しいことはわからない。

もし本当にそうであるとしたら少々共感できる。アルヴィンが自分で作曲をすることはないが、言葉に出して気持ちや考えを伝えるより優しい音色でそれとなく想いを表現するほうが多少は気が楽だ。直接口にするのは恥ずかしいが、指で奏でるのは遠回しでいい。

ユディトが聴いているかもしれない。

どんな顔で聴いているのだろう。

期待している自分がいる。

一曲を弾き終わった。静かに手を下ろした。

ちらりと戸のほうを見る。閉ざされていて廊下に何があるのかは見えない。

音を立てぬようゆっくり椅子を引いた。無言で立ち上がった。

戸のほうに忍び足で向かう。

ドアノブをつかむ。

押した。

アルヴィンは感動した。

廊下の戸のすぐ傍を通り過ぎようとしている者があった。

ユディトだ。

ロタールの密告どおり、彼女はアルヴィンに無断でこの辺をうろついているのだ。

やはり聴いていたのだ。

戸が開いたことにすぐ気がついたらしい、ユディトが我に返った様子でアルヴィンの顔を見た。

「お前、何をしているんだ」

わかっていながら少し意地悪な気持ちで訊ねた。笑ってしまいそうになるのをこらえながら、だ。

「まさかとは思うが、ピアノを聴いていたのか?」

どんな反応をするのだろうか。

ところがしばらくの間、ユディトは無言だった。アルヴィンが望むような慌てふためく様子も喜んではしゃぐ様子も見せなかった。彼女はどうも朴訥《ぼくとつ》としていて表情がわかりにくい。

「……ユディト?」

名前を呼んでやった、その時だった。

彼女の頬が突如真っ赤に染まった。

顔を上げる。金に似た不思議な色合いの瞳が、アルヴィンの顔を見つめる。

その目つきが、まるで縋るようで、悲しそうでも寂しそうでもあり、何より申し訳なさそうであった。いたずらが見つかってしまった時の子犬のような目をしているように見えたのだ。

「……失礼した」

アルヴィンは頭の中身が弾け飛ぶのを感じた。

この子は取り繕うこともごまかすことも知らないのか。

素直に詫びて、アルヴィンの次の反応を待っている。

可愛い。

「聴いていたんだな?」

改めて問い掛けると、彼女はぎこちない動きで頷いた。

「申し訳ない」

やはり、あの時怒ったことを気にしているのだ。

リヒテンゼーに来る前までのアルヴィンだったら、また怒ったかもしれない。お前のために弾いてやっているのではないのだと言ったかもしれない。

だがしかし、だがしかしである。

「アルヴィン様のことを、もう少し、知りたくなった」

それは好意ではないのか。彼女はアルヴィンともっと親しくなりたいと思っているのではないか。

彼女がうつむいた。

「もう二度と来ない。その……、本当に申し訳なかった」

そう言われると急に孤独を感じる。彼女が離れていってしまう。こんなに懐いてくれているのに、あしらったことになってしまう。

そう思ってから、気づいた。

そうか、彼女は自分に懐いたのか。

すさまじい感動が胸に込み上げてきた。

懐かれた。

とんでもなく可愛い。

「いいぞ」

言うと、彼女は弾かれたように顔を上げた。

自分がにやけてしまっていないといい。

「聴きたいんだろう？　部屋に入れてやる」

言った途端だった。

彼女の唇の端が、ほんの少しだけ、持ち上がった。

笑った。

この子は、自分のことが、好きなのだ。

自分自身も、この子のことが、好きなのだ。

彼女に選ばれた。

そして自分も、彼女を選んだ。

認識した瞬間、世界のすべてが明るく見えた。年甲斐《がい》もなく喜んでしまった。

俺も愛している、と言って抱き締めてやれたらどんなに楽だろう。だがいきなりそんなことを言うのはあまりにも軽薄だ。だいたい彼女が愛を告白してきたわけではない。勘違いだったらどうする、と自分自身に問い掛けてくる自分もいる。確信が持てなかった。

そもそも、ひとを愛するとはどういうことだろう。

彼女の目が、こちらをまじまじと眺めている。

この純真《じゅんしん》無垢《むく》な瞳が嘘をつくだろうか。

一歩下がった。そして肘を曲げて軽く手を持ち上げ、指先を揃えて室内を指し示した。中に入るよう促したつもりだ。

「邪魔をせず静かにしていられるのなら、入ってもいい」

わざと尊大にそんな言い方をした。彼女を試すつもりだった。アルヴィンはまだここで彼女が反発するようなら撤回しようとも思っていた。ひとを信じるのはそれくらい難しいことだ。

彼女は素直に頷いた。

しかし、次の瞬間、踵を返した。

「ユディト?」

「椅子を持ってきてもいいだろうか?　黙って何か作業をしようと思う。後ろでおとなしくしている」

「なるほど」

アルヴィンも頷いて答えた。

「静かにしているなら好きにしていい」

言うなり彼女は小走りで隣の部屋に入っていった。そしてすぐさま廊下に戻ってきた。確かに椅子を抱えている。座面を重ねて二脚持ってきたことは気に掛かったが——それは姫君ではなく騎士ならではの腕力だとも思ったが——気にせず部屋に招き入れた。

その足取りが弾んで見える。

彼女のために何か弾こう、と思った。彼女に聴かせる何かを弾きたい。

誰かのために弾きたいと思う日が来るとは思ってもみなかった。


ホーエンバーデン王国には大陸でも有数の大河が流れている。南部のリヒテンゼーの山に端を発し、中央部の王都で西南から流れてきた川と合流して一本の大河となり、北部で西国ニーダーヴェルダー王国に接続して、最終的には北の海に注いでいる。王都の旧市街はその合流地点の三角形の中にある。

宮殿から馬車で揺られること数十分、旧市街の川沿いにある教会に着いた。ゴシック様式の尖塔《せんとう》がそびえる様は壮麗で神々しく、王都の中心にある大聖堂に比べれば縦にも横にもコンパクトだが、ヒルダには大聖堂よりこの教会のほうが洗練されているように見えた。

王家の教会だ。この教会の地下室に、代々の王と王妃の棺《ひつぎ》が納められている。

ヒルダの父親もここに眠っている。

今日は父の命日だ。彼が死んでちょうど三年になる。

父――女王ヘルミーネの夫は、娘のヒルダから見ても少し影の薄い人だった。優しかったが、それだけだ。特別何かをしてもらった記憶はない。

従者たちに聞いたら、どうやら彼は政治にも育児にもまったく関心がなかったらしい。ただ、いつもにこにこ笑って女王の一歩後ろに控えていた。

女王が第十子、ヒルダから見て末の妹である第六王女を妊娠していた頃に病を得て、一年ほどで亡くなった。当時はとても寂しくてつらかったが、今振り返ると、家の中もこの国も何も変わらなかったと思う。

たまに、女王にとっての夫は何だったのだろう、と考えることがある。国内の大貴族の三男で、女王の政治の礎として欠かせない立ち位置の人だった、というのは、わかる。しかし彼はそんな家庭生活で幸せだったのだろうか。

ヒルダは今のところ結婚する予定がない。小さい頃から何度か王侯貴族との婚約話が持ち上がっていたが、結局どれも破談になってしまった。先方が少しでも気に入らない行動を取ると女王が娘の婚約を破棄してしまうのだ。

幼少期からその繰り返しだったからこそ、ヒルダにとって結婚は縁遠いものであった。記憶にあるのは唯一、姉である第一王女の結婚式だけだ。華やかなニーダーヴェルダー王国の王都で開かれた祝典は見事で、何度思い出しても感極まって泣けてくる。ただ、姉とはその結婚式以来一度も会っていない。時々手紙のやり取りをするが、具体的な結婚生活は見えてこなかった。

今度、義兄《あに》のアルヴィンと自分の一の従者であるユディトが結婚することになった。

あの二人の結婚生活はどんな感じになるのだろう。どちらかが女王である母のようになってどちらかが王配である父のようになるのだろうか。

いずれにしても、幸せだったらいい、と思う。その、幸せになる様子を間近で見ていたい。

「結婚生活の幸せとは、いかなるものでございましょう」

祭壇の前に立ち、ステンドグラスを見上げながら、ヒルダはそう呟いた。

この地下で眠る父への問い掛けのつもりだったが、答えたのは隣にいるクリスだ。

「十人十色でございましょうね」

冷静かつ端的で、一瞬物足りなさを感じたが、よくよく考えるとなかなか含蓄《がんちく》のある言葉だ。

「クリスは、アルヴィン兄様とユディトの結婚生活はどんな感じになると思いますか?」

「神のみぞ知ることです。知ったとしても、第三者の私があれこれ口を出すべきではないでしょう」

「クリスはいつも正しいですね」

反対隣から笑う声が聞こえてきた。そちらのほうを向くと、エルマがヒルダとクリスのほうを向いて笑っていた。

「ヒルダ様は、どのようになってほしいとお思いです? あいつはきっとヒルダ様の望むような結婚生活を送ろうとしますよ」

そう言われると、ヒルダは責任を感じてしまう。

確かに、ユディトはヒルダの望むままに振る舞ってくれるだろう。子供の数までヒルダが指定した人数に調節してくれそうだ。そのくらい、自分は彼女のすべてを握っている。それが時々重いと少しだけあった。

感じることがある。だから二人の結婚を推し進めたのにはアルヴィンに投げるという意図もほんの

「わたくしも、口を出しません。第三者ですから」

「いいえ、ヒルダ様は第三者ではございませんよ。あいつは、ヒルダ様が楽しみにしておいでだから、花嫁になるんですもん」

エルマは、クリスとは違っていつも正しいとは限らないが、ヒルダにとても大事なことを教えてくれる。

「わたくしは、ユディトの幸せを規定できるほど、偉い人間でしょうか」

二人はしばらく何も言わなかった。

ややして、クリスが言った。

「我々は、そうであっていただきたいと思っております」

ヒルダは、観念して、頷いた。

「わたくしは、いつか、ユディトに、自分の幸せを自分で見つけなさいと命令するのでしょうね。でもそれは、責任の放棄と表裏一体です。とても、難しいです」

その時だった。

教会の重い扉が閉ざされる音が響いた。乱暴な、地響きにも似た、強く大きな音だった。

扉を閉められた。

いつにないことに驚いた。この教会は日の出から日没まで、葬儀のような式典がない限り、一般

市民に開放されている。まだ午前中の明るい時間に扉を閉ざすことなどない。

後ろから肩に手を回された。エルマだ。彼女はヒルダを抱き寄せつつ、扉のほうを睨むように見ていた。

クリスが一歩前に出て、ヒルダとエルマを守るように仁王立ちになった。

この時一緒にいたヘリオトロープの騎士はクリスとエルマだけではない。他に二人椅子のほうに控えていたが、彼女たちも駆け寄ってきてヒルダの周りを固めた。

扉の前にざっと数えて二十人ほどの男たちがいる。

ヒルダは心臓が凍りつくのを感じた。

ヴァンデルンだ。黒い髪、紫の瞳、浅黒い肌に洋装をした若い男たちが、剣を片手に教会の後方で展開している。

男たちの紫の瞳がヒルダを見ている。

目が合う。

「お前が第三王女ヒルデガルトか」

エルマの手にこもる力が強くなった。

数人の男たちが、椅子と椅子の間の通路を歩いて、祭壇の近くにいるヒルダたちのほうへやってきた。

「こちらに来い。おとなしくこちらに来たら痛いことはしないでやる」

対峙《たいじ》するようにクリスが歩き出した。

「どのような御用ですか。王女殿下の予定表には貴方たちとお会いになる件について記されていません」

男のうちの一人が「何だこのおねーちゃん」と言う。他の一人が「ヘリオトロープの騎士だ」と答える。

「女王陛下がお人形さん遊びをするために顔が綺麗で背が高い女の子を選んで男物の服を着せてる」

男たちが笑った。

「悪いことは言わねぇ、お姫様を引き渡してお城に帰りな。じゃないとひどい目に遭《あ》わせるぞ」

「繰り返します。どのような御用ですか。答えなければ用もないのに王女殿下に近づき妄言を吐いた不審者として対応します」

クリスの表情は一切変化しない。彼女の鉄面皮《てつめんぴ》に周りの男たちが少しずつ苛立ち始めたのがわかる。

「ちょいと遊びに行くだけだ。俺たちと遊ぼうや」

「どちらまで?」

「みんな大好きリヒテンゼーだ」

「お断りします。王女殿下は女王陛下がニーダーヴェルダーをご訪問なさっている間王都から離れることができません」

「そうお固いことは言うなや」

「お引き取り願えますか」

先頭にいた男が手を伸ばした。

「なんだこの女、生意気な――」

その次の瞬間だ。

銀の一閃《いっせん》が走った。

男の絶叫が響き渡った。

手首が、ぽん、と飛んで、宙に赤い軌跡を描いた。

クリスが一瞬にして腰の剣を抜き去り、男の手首を斬ったのだ。

周囲にいた一般の参拝者が悲鳴を上げた。

「王女殿下を誘拐しようと目論《もくろ》む者とみなして始末します」

クリスがそう宣言するや否や、ヒルダの周囲を固めていた二人も剣を抜いて男たちに跳びかかった。

彼らにとっては予想外の反撃だったのだろう、彼らは一時慌てふためいて対応が遅れた。

一人の剣筋が男の背中を斬り裂く。また別の騎士の剣が男の胴を貫く。

「皆さんこちらへ！　急いでこちらから避難してください！」

エルマがヒルダを抱えたまま一般の参拝者たちに大声で呼び掛けた。彼らからすればヘリオトロープ騎士団の紫の制服は頼りになる者の目印だ。彼らは素直にエルマの指示に従った。彼女の誘導する先、尖塔の一階部分に当たる部屋の裏口から教会の外に出ていった。

エルマはヒルダも教会の外へ押し出そうとした。

ヒルダはエルマの腕に抱きついて抵抗した。

「ヒルダ様」

「わたくしは外に行けません！」

視線の先では、ヴァンデルンの男たちが応戦し始めたのが見えていた。全部で十人近い男たちが三人のヘリオトロープの騎士を囲んでいる。

「だって、クリスたちが！　あの者たちを置いていけません！」

「なりません！」

初めてエルマに怒鳴られた。

「たとえあいつらが死のうとも！　あいつらはあなた様を生かすためにやっているのですから！　受け入れてください！」

ヒルダは硬直した。

歯を食いしばった。でなければ泣きそうだった。

でも動きたくなかった。

皆を置いて逃げる王族になりたくない。

エルマは強硬手段に出た。ヒルダを抱き上げたのだ。ヒルダを横抱きにして、エルマ自身が教会の外に出てヒルダを運び出そうとした。

間に合わなかった。

教会のすぐ外、目の前に、ヴァンデルンの男が三人、立ちはだかった。エルマが裏口から人を逃がしたことに気づいて回り込んできたのだ。
エルマがヒルダを抱えたまま一歩下がった。
ヴァンデルンの男たちが裏口からも教会の中に入ってくる。
ヒルダを床に下ろした。そして自らも剣を抜こうとした。
次の瞬間——ヒルダは、この世の終わりを感じた。
雷鳴に似たすさまじい音が連続して教会の中に轟いたからだ。
振り返った。
ヴァンデルンの男たちが、銃を構えていた。
ヘリオトロープの騎士たちが、床に倒れていった。
その紫の制服に穴が開き、赤い血が流れている。
ヒルダは絶叫した。大きな声で彼女たちの名を呼んだ。
誰一人として返答しなかった。
「……わかった。わかったよ。ちょっと待ってね」
エルマは剣を抜かなかった。両手を上げ、男たちに対して降参の意を示した。
「話を聞こう。ヒルダ様に何の用件だったのか、あたしが聞いてもいいかい？」
男たちが迫ってくる。
怖くて怖くて足がすくむ。なんとかエルマの背中にしがみついた。
エルマが小声でヒルダに囁く。

「彼らは先ほどヒルダ様をリヒテンゼーに連れていきたいと言いました。すぐには殺さないはずです。時間を稼ぎましょう。この騒ぎなら軍が出動します」

ヒルダはただがくがくと頷いた。

エルマがふたたびヒルダの肩を抱く。

「だーいじょうぶです、あたしがついてますからね」

エルマの腕は力強く温かかったが、それでも怖かった。

クリスたち三人が動かない。

「ユディト」

震える声で呼ぶ。

彼女がいてくれたらよかった。彼女はいつもいつでもヒルダを守ってくれた。こんな事態でも彼女なら確実にすべての敵を倒してくれたはずだ。

帰ってきてほしい。

「ユディト……」


すぐに馬車で移動させられた。どのくらいの距離を移動したのかは混乱しているヒルダにはわからなかった。エルマが落ち着き払っているのだけが頼りだった。

どれほど経っただろうか。馬車から引きずり下ろされ、民家の中に連れていかれた。三階分階段を上がったところで小部屋に通される。

ヒルダは床の上に投げ出された。だが、声を上げることもできなかった。痛いと言うことすら許されないと感じていた。

恐怖、だった。

彼らは一度も殺すとは言っていないが、彼らの意に反することをしたら殺される気がしていた。ずっと命が危機に晒されている気がする。

ヒルダに続いて、エルマも押し込まれた。それから意識のないクリスたち三人が放り入れられた。まるで人形でも投げるかのような乱暴な扱いだ。下手すればそれだけで怪我《けが》をしかねない。

男たちが近づいてくる。

ヒルダは本能的に尻で後ずさった。立ち上がることはできなかった。

背中が壁についた。

これ以上逃げられない。

男たちはそれ以上近づいてこなかった。

ヒルダと男たちの間にエルマが入ってきたからだ。

「王女殿下に近づくな」

膝立ちになり、両手を広げて言った。緊張感の漂《ただよ》うその言動がいつもはへらへらとしているエルマの態度とは思えず、ヒルダはそれだけでいろんな感情が込み上げてきて泣きそうになった。

男のうちの一人が足を素早く持ち上げた。

硬そうな靴の切っ先がエルマの頬にめり込んだ。

蹴られた。

エルマの体が横に倒れる。

口の中を切ったらしく、エルマの唇の端から血が垂れてきた。

ヒルダは今度こそ悲鳴を上げた。

けれどエルマは一切動揺しなかった。

「あんたたちの望みは何？　どうしたらあたしたちは解放される？」

彼女は冷静にそう問い掛けた。男たちはまともに応じなかった。一人が彼女の赤毛をつかみ、上に引っ張り上げて強引に顔を持ち上げさせた。

「ヒルデガルト王女は傷つけずに連れてこいと言われているが、あんたたち女騎士のことは何も言われてない」

「そうかい。あたしらもナメられたもんだね」

男の、髪をつかんでいるのとはもう片方の手が、エルマの服の上から彼女の乳房をわしづかみにする。

「あんた結構胸がでかいな」

男の手指が食い込む。やがして、性急な動きで揉みしだき始める。

「殺す前に一発ヤらせてくれや」

見ていられなくなってヒルダは顔を背けた。手の動きも息遣いも下卑《げび》た表情も何もかも気持ちが悪かった。背中が震える。吐き気がする。

エルマはなおも冷静だ。

「いいよ。その代わり王女殿下には手を出さないと約束してくれるね？」

消えてしまいたかった。

目の前で何が起ころうとしているのか考えたくなかった。

ただただこの場からいなくなりたい。

ボタンが弾け飛ぶ音がした。男がエルマの服の前身ごろを引き裂いたのだ。

同時に足音が聞こえてきた。部屋の中にいる男たちが一斉に動いている。きっとエルマに群がっているのだ。

両手で耳をふさいだ。

突然肩を抱かれた。

目を見開いて腕の主を見ると、別の男がヒルダの肩に手を回していた。

ヒルダの細い手首をつかむ。

「よく見な、お姫様」

独特の体臭が漂ってくる。何かで香りづけしているようだが、ヒルダの知っている香水ではない。

臭い、と感じた。嫌悪感しかない。

「健気《けなげ》なことだね。あのコは、今から、お姫様を守るために、俺たちに犯されるんだ。なんて美しい忠誠心だろう」

気持ちが悪い。

そう思った時だった。

ドアが開いた。

「おい」

また別のヴァンデルンの男が二人ほど入ってきた。

「あの方が全員集まれって言ってる。お前らも来い」

男たちが体を離して舌打ちをした。

「いいところで邪魔しやがって！」

「悪かったな。まあ、後でまたゆっくりできるだろ」

「そうだ、これがうまくいったら、ホーエンバーデンの女なんていくらでも抱ける。でも今は言うことを聞かないと、ほら、あれだろ」

全員がぞろぞろと出ていった。

助かった。

全身から力が抜けた。ヒルダはその場に倒れ伏した。

そんなヒルダをエルマが抱え起こした。

「大丈夫ですよ、あたしはなんともないですからね」

彼女はいつもと変わらぬ笑顔だった。それが嬉しくもあり悲しくもあって、ヒルダは声を上げて泣いた。

間一髪で助かったようだ。ジャケットとシャツは破れていたが、下はまだ脱がされていなかった。

ヒルダを起こして壁にもたれ掛けさせると、エルマはすぐに行動を開始した。

部屋の中を検分する。

広さはおよそ十平米で、家具はない。正面にドアがひとつ、後方に窓がひとつだ。ドアには鍵がかかっており、窓は縁に糊《のり》のようなものがべったりとついていて開閉できない。

床に倒れている仲間たちの様子を見る。

まず一人目、手首を持って脈を取り、口元に手を当てて呼吸を確認する。

「だめだ、死んでるわ」

二人目の首筋に手を当てる。

「こっちもだめだ。死んでる」

三人目――クリスの手に触れた。

「まだ温かいな」

口元に手をかざす。

「息してる。しぶといやつ」

ヒルダは安堵のあまりまた泣いた。

「クリス、起きな。クリス!」

肩をつかんで強く揺さぶる。クリスを安静にさせなければならないと思ったヒルダは慌てて止めようとした。

「やめてください! 眠っているのならばそのままにしてあげてください」

「だめです。生きているなら戦わないと」

「でも、傷にふれます」

「いいんですよちょっとぐらい」

エルマの緑の瞳がいつになく厳しい。

「あたしらヘリオトロープの騎士はね、死ぬまで姫様のために戦うんです。血の一滴まで、生きている限り、振り絞るんです」

エルマに縋って泣いた。

ほどなくして、クリスが目を開けた。意識が朦朧《もうろう》としているようで、目の焦点がなかなか合わなかった。だがエルマは厳しい声で言う。

「ヒルダ様の前だよ、しゃんとしな」

クリスが上半身を起こした。

「ヒルダ様……」

「あんたたくましいね。腹と肩に穴開いてるよ」

「大したことではありません」

かすれた声で問い掛けてくる。

「ヒルダ様は?」

ヒルダは必死で答えた。

「無事よ、大丈夫」

ヒルダの声を聞いて安心したのだろうか、彼女はそれ以上ヒルダには触れず辺りを見回した。

「ここは……？」

「まだ王都の中だ。貧民窟の集合住宅の一室だよ」

「まだ……？」

かぶりを振る。

「そういえば、リヒテンゼーに連れていくというようなことを言っていましたね。ヴァンデルン自治区に行きたいのでしょう」

「どう見る？」

「ただの誘拐にしては大掛かりで派手です。内戦でもしたいように見えました。ヒルダ様を人質にして女王陛下を脅迫したいのではないでしょうか。何らかの政治的要求を突きつけてくる可能性が高いです——たとえば、独立したいとか」

「まずいね」

ヒルダとしてはどうでもよかった。目の前の彼女たちを守るためなら多少の要求は呑《の》んでもいいと思えた。だが口には出さなかった。自分が独断でそんなことを言い出したらエルマとクリスに迷惑がかかることはわかっていた。

「でもそれなら移動の間は時間稼ぎができるかな？」

「ヒルダ様のご無事が保証されるようでしたらリヒテンゼーに行ってもいいでしょう。馬車で三日かかりますし、これだけやらかせば軍も出動しますし、リヒテンゼーにはヴァンデルンとの戦いに慣れた南方師団がおりますので。ついでにユディトとアルヴィン殿下も」

「そうだった。ユディトめ、あいつがいりゃここまで大事にならなかっただろうに」

「問題は──」

珍しく、クリスが長い銀色の睫毛を伏せ、少し弱気な表情を見せた。

「彼らの銃です」

「銃？」

「下半身が魚のドラゴンが彫り込まれています」

ざっと血の気が引いた。

「オストキュステ……！」

東の仮想敵国の紋章だ。

「裏にオストキュステがついているならまずいです。ひとつ間違えればまた戦争です」

「こっちはもう軍隊が出動してると思うよ」

「ヴァンデルンが蜂起《ほうき》したというだけで済ませたいですね、そうすれば国内だけで片づけられますから」

エルマが、大きく、息を吐いた。

「どうにかして各所と連絡を取ろう」

「どうします？」

「まずはここを抜け出す」

「どうやって」

「あの窓をぶち破るしかないな」

親指を立てて窓を指した。

ヒルダが言う。

「開きませんし三階です」

「なんとかします」

エルマはこともなげに言った。

「三階ですか。ヒルダ様や怪我人の私には難しいですね」

「あたしが一人で行くよ。状況を軍に説明する」

「承知しました。行ってください」

まず、エルマは死んだ同僚から服を引き剝がした。自分の破れた制服を脱ぎ捨て、新しく手に入れた一部血に染まっている服を着た。

それから、破れたジャケットを二つに裂いて、自分の両手に巻き付けた。

「せーのっ」

両手の指と指とを組み合わせ、思い切り振りかぶり、掛け声をつけて、手の小指側の側面を窓に叩きつける。

ガラスが割れた。

砕けたガラスでエルマの手が裂けた。手首に巻いた服が赤い血で濡れた。ヒルダは震え上がったが、エルマは気にも留めない。砕けてはいるがまだ窓枠に残っているガラスを手で引っ張って折った。手のひらからも出血する。

「じゃあね。ヒルダ様をよろしく」

窓からある程度ガラスを取り除くと、彼女は身を乗り上げ、窓の外に下半身を出した。

クリスが応じた。

「任せてください」

エルマが片目をつぶり、親指を立てて微笑んだ。それから上を見た。どうやら地上に降りるのではなく屋上を目指す気らしい。

エルマの姿が、消えた。

ちょうどその直後、外からドアを開けられた。

「なんだ今の音は⁉」

ヴァンデルンの男たちが乱暴な足取りで入ってくる。

クリスが這いずってきてヒルダに身を寄せた。

「一人消えた？」

「窓からだ。なんてこった」

男たちは互いに「お前のせいだ」「いやお前のせいだ」と押し付け合った。

「追え、まだそんなに遠くには行ってないだろ」

何人かが廊下のほうへ出ていく。

「クソが」

「でも殺すなとのお達しだ」

残った男たちがちらりちらりとヒルダの顔を見る。

「いくらなんでも王女様は――だろう？」

嘲笑うように鼻を鳴らした。

「どうだか。お前にはあの方がそういう感情をお持ちのように見えるか？」

聞いていた男たちも下卑た笑みを浮かべた。

うち一人がこんなことを言い出す。

「いや、いかん。俺たちには大義名分がある。あの方がおっしゃっていただろう？　俺たちのすることはホーエンバーデンの浄化でありこの世の楽園の体現だ。むやみやたらに女子供を殺しちゃ心証が悪い」

ヒルダには彼が何を言っているのかよくわからなかった。ホーエンバーデンの浄化とはいったいどういうことだろう。自分は彼らこそがこの国を掻き乱す異分子だと思ったのだが、そういう言い方だとまるで彼らのほうがこの国のために働いているかのようだ。

いいいいいいいいい
あの方がおっしゃっていた――いったいどんな人物だろう。その人物のせいで自分たちはこんな目に遭わされているのか。

「あの方が第三王女に手を出せば女王が一気に燃え上がるとおっしゃっていた。過激な行動を取るための口実を与えることになる、ってな」

「おっかない女王様だ。やっぱり女王様に任せておいたらいかん」

笑いながら肩をすくめる。

そんな彼らを、先ほど大義名分という言葉を口にした男がたしなめた。

「無事に連れていくことに意味がある。俺たちは悪役じゃない」

その言葉を最後に、男たちが皆連れ立って部屋から出ていった。

「移動の準備をしよう」

「おう」

ヒルダはただ呆然と、彼らの後ろ姿を見ていることしかできなかった。

第四章　くだらない恋バナをして癒されたい心境

六月はなかなか日が沈まない。午後七時をだいぶ回ってからようやく暮れ始めて、辺りは橙色《だいだい》に染まった。

夕方のシュピーゲル城にピアノの音が響く。

長閑な湖畔、可憐な古城、流麗《りゅうれい》な旋律がリヒテンゼーの夕方を彩る。

椅子に座って音楽を聴きながら、ユディトは、世界とはこんなにも穏やかで優しいものだったのか、などと考えていた。ユディトの家系が先祖代々守ってきたこの森と湖の地方は、今、ユディトが過去に見てきたどんな地域よりも安らぎに満ちていた。

ちらりと目をやる。

一心不乱にピアノを弾き続けるアルヴィンの背中が見える。

アルヴィンが、おとなしくしているならピアノを聴いていてもいい、と言ってくれたのだ。静かにしているなら部屋に入れてくれると、彼と二人きりで、ピアノを独占して聴いていてもいいと言ってくれたのだ。

ユディトは隣の部屋から椅子を二脚持ってきた。そして、一脚に座り、もう一脚を作業台にして、ある時は刺繍《ししゅう》、ある時はレース編みと、黙々と手芸をして過ごすようにした。やはり、喜んでいることを悟られないように無表情を心掛けながら、だ。

極力おとなしく振る舞った。声を掛けることはない。邪魔をしてはいけないのだ。

そして今日も無言で彼は弾き続け自分は縫い続けて時間が過ぎていく。

この時間が何よりも心地よかった。

彼のすぐ近くにいられると感じていた。

ピアノを聴いていると彼のことがわかる気がしていた。今日は音が優しい、いいことがあったのだろう。今日は音が荒々しい、面白くないことがあったのだろう。そんなことを考えながら布に針を刺す時間をユディトは愛《いと》しく思い始めていた。

特別なことはなくてもいい。むしろ特別なことなどないほうがいい。

釣りに出掛けたあの日から、ほんの少し、彼が優しい。ほんの少し、近づくことを許された気がする。

なぜだろう。多少会話できたからだろうか。自分は失礼なことを言ったと思うが、結果として湖に突き落とされて泣かされたわけなので、雨が降って地が固まったのだろうか。ユディトはどうもそういう機微に疎《うと》い。

ただ、ユディトの側はひとつ確信を得ていた。

彼はユディトのことをわかってくれる。

ユディトを女の子扱いしないと言ってくれた。その言葉が何よりもユディトを安心させた。彼を誰よりも信頼できる存在だと思えた。

彼の前ではお姫様でいなくてもいい。

母親になるからといって、女性である必要はないのだ。

それならもっと積極的に子供を産んでもいい、と思う。無理して妻でいなくてもいいなら一人や二人産んでもいい。

しかしそれはそれで、自分のほうから言うのははしたなくて破廉恥なことのように思えてくる。

エルマの言葉を思い出す。

――見分けるべき殿方のサイン、ベッドでの振る舞い、可愛がられるには――何も知らずにアルヴィン様とどう愛し合うって？

そう、ユディトはどう振る舞ったらうまく子作りに至れるのか知らないのである。

何をどう言うのが正解なのか見当がつかない。あけすけに言ったらきっと下品だ。こんなことならエルマを筆頭とする経験が豊富そうな同僚たちからあれこれ聞きかじっておけばよかった。

毎日すぐ傍にいるのにアルヴィンと触れ合うことはない。

あなたの子供を産んでもいい。

馬鹿すぎる。言わないほうがいい。

母の言葉も脳裏をよぎっていった。

曰く、女はベッドでの作法など知らないほうがいい。世の殿方は何も知らぬ無垢な乙女を自分好みに育てるのが好きなのだ、とのことだ。母は最低限のことしかユディトに教えてくれなかった。

詳しいことはベッドの中でアルヴィンに直接手取り足取り教えてもらえ、と言う。

アルヴィンも処女が好きなのだろうか。だったらちょうどいい。ユディトはアルヴィンに好かれたかった。愛だの恋だのはまったくわからないが、いい印象を持たれたいという気持ちは日増しに強くなっていく。

今ならあなた好みに調教できます。

馬鹿どころの話ではない。絶対言わないほうがいい。

とりあえず、アルヴィンがこの城に来てからもうすぐ三週間だ。ユディトの夏季休暇のほうがあと一週間で終わる。それまで、土日はあと二回だ。

土日は丸一日一緒にいられる。教会の塔をのぼったり、市場で買い食いしたり、山や湖畔を散策したりしている。

今度の土日もそんな感じで過ごそう。少しでも距離を縮めよう。そうしたら、結婚する頃までにはいい感じになっているに違いない。

ピアノを弾くアルヴィンの手を眺める。

大きな手をしている。

あの手でからだに触れるのだろうか。どこを、どうやって、だろう。唇に――首に――胸に――腹に――

破廉恥だ。考えなかったことにしよう。

いつの間にか曲が終わっていた。

「おい」

ユディトははっと我に返った。

「いかがなされた？」

「お前、この前からずっと何を作ってるんだ？」

自分の手元を見た。

赤子の肌着だ。

言えなかった。圧が強すぎる。

「結婚したら入用になるかもしれない小物類だ」

自分にしては上等な言葉が出た。嘘はついていないが、重要なことはごまかせた。

「自分で使うのか？」

「まあ、そういうことになるな」

「お前、手先は器用なんだな」

暗に手先以外に器用ではないところがあると言われているような気がしたが、気づかなかったことにした。

「結婚したら、か」

アルヴィンがピアノの蓋を閉めた。今日はもう終わりらしい。

少しがっかりしたが、日がだいぶ傾いていて、西の山に触れようとしている。部屋の中もずいぶん暗くなった。もう灯りをともさないと鍵盤が見えないのかもしれなかった。

「――なあ」

珍しく、ゆっくりとした語調で問い掛けてくる。

「結婚したら、ヘリオトロープ騎士団は、辞めないといけないんだろうか」

先日ヒルダが女王に確認した件について思い出した。

「いや、必ずしもそういうわけではないらしい。結婚しても続けることを希望した先輩が過去には何人かいたようで、陛下も禁じたことはないとおおせだ」

アルヴィンは一度「そうか」と頷いたが、ややして、「過去には、いた、か」と溜息をついた。

「今は、既婚者はいないんだな」

ユディトは首肯《しゅこう》した。

「結局のところ、家の切り盛りをしなければならなくて、忙しくなって辞めてしまうようだ。あと、やはり、子供を産んだら、だな。出産で体力を削られてそのまま戦えなくなる者、育児に時間を取られて家から離れられなくなる者。どう転んでも独身だった頃のようには働けないらしい」

自分で言いながら、先ほどの、子供を産んでもいい、という気持ちが揺らぐのを感じた。ヘリオトロープの騎士でない自分というものが想像できないのだ。怖い。自分が自分でなくなる感覚だ。

しかしこういう時、ユディトはいつも婚約お披露目パーティのことを思い出すようにしていた。騎士としての制服こそ正装であってほしかった、とこぼしたユディトに、彼は、こう告げたのだ。

――今度こういう機会があったら、騎士としての制服で来い。一番自分らしいと思う恰好で出ろ。なんとかなる気がする。他の誰でもなく夫になるアルヴィンが騎士であることを肯定してくれるのだ、きっと何らかの手段で続けられるよう手伝ってくれるに違いない。

とりあえず産んでから考えることにしよう。騎士団一体力がある自分なら乗り切れるかもしれない。

唯一寂しいと思うことがあるとすれば、ヒルダのことだ。ヒルダに対する忠誠心が薄れたわけではないつもりだが、家庭と仕事を両立させようとするのは不誠実だろうか。

とはいえ自分の場合は子供を産むのも仕事である。

なんとかなる。たぶん。

「……そうか」

アルヴィンが、またひとつ、息を吐いた。

「お前、明日暇か？」

突然話題が変わった。ユディトは少し驚いたが、語りたいことがあったわけでもないので、素直に「ああ」と答えた。

「特に予定はない」

「一緒に来るか」

「どこへ？」

「南方師団の駐屯地」

一緒にお出掛けだ。

ユディトは嬉しくなってすぐ返事をした。

「行く。お供させていただく」

明日が楽しみになった。今夜は眠れるか心配だ。

＊

六月はなかなか日が沈まない。午後七時をだいぶ回ってからようやく暮れ始めて、辺りは橙色に染まった。

譜面台に西日が反射してひどく読みにくい。まぶしくてむしろ邪魔だ。アルヴィンはとっくの昔に暗譜《あんぷ》している曲しか弾けなくなっていた。

それでも弾き続けるのは雑念を振り切りたいからだ。

弦が切れたらどうしようかと思うほど力が入っている。こんな乱暴な音ばかり重ねて、ヘルミーネが聴いたらさぞかし嘆くことだろう。しかしここにいる人間は良くも悪くも大雑把で、音楽の素養がないのかと思うほど何も言わない。

後ろに人の気配を感じる。

壁際にいるユディトが、少しだけ、動いた。

そんなことを感じ取ってしまうほど今の自分は神経質だ。

ユディトは椅子を二脚持ってきて、一脚に座り、一脚を作業台にして、ひたすら手芸を続けている。今日も無言で自分は弾き続け彼女は縫い続けて時間が過ぎていく。

落ち着かない。

彼女の存在が気になる。

彼女は気づいていないのだろうか——この部屋に二人きりで、しかも城の人間は誰一人近づきもしない。

おとなしく黙って座っている。時々その瞳でこちらを眺めている。それが男を煽《あお》るとは思わないのだろうか。

少年のような倒錯《とうさく》的な美しさをもつ娘、さらさらの金の髪、近づくと柑橘《かんきつ》類に似た甘酸っぱく爽やかな香りがする。おとなしく自分の後ろをついてくる、髪と同じ色をした瞳でこちらを見つめている。自分からはほとんど喋らない、なんでも疑問を持たずに受け入れる。

釣りに出掛けたあの日のことを思い出す。

濡れた白い肌には傷がなく滑らかで、胸はなだらかに甘く緩く膨らみ、引き締まった腹には形の良い縦長の臍《へそ》がある。

自分は、この娘を、好きに扱ってもいいと言われている。いつどこで何をしてもけして非難されることはない。

最低だ。

男に女として扱われたくないと泣く彼女に、そんなに嫌なら女性扱いはしない、と言った手前、いまさら女として意識するようになったから抱きたいとは言えない。それは重大な裏切り行為ではないか。

アルヴィンはいつの間にか恐ろしくなっていた。彼女が自分から離れていくことが、だ。彼女はこんなに自分に懐いている。この状況を自分の凶悪で乱暴な欲望のために失いたくない。ずっとここにいて尻尾を振っていてほしい。

でもスケベなことをしたい。しても許されるはずなのだ。

いや、だめだ。結婚して完全に逃げられないようにしてからだ。

いやいや、それもどうか。彼女も人格のあるひとりの人間だ。逃げる権利も認めてやらないで何が大人の男性だ。

いやいやいや、自分に理性がなかったら今頃この場でむりやり抱いていた。自分はえらい。そう、とてもえらいのである。

いやいやいやいや――どうするのが正解かわからない。

もう限界だ。

手を止めて振り向いた。

「おい」

声を掛けられて驚いたのか、ユディトが目を真ん丸にした。

「いかがなされた?」

特に用はない。無言に耐え切れなくなっただけだ。だがそう素直に言うのもおかしい気がする。

必死に話題を探して、質問を捻《ひね》り出した。

「お前、この前からずっと何を作ってるんだ?」

「結婚したら入用になるかもしれない小物類だ」

「自分で使うのか？」

「まあ、そういうことになるな」

「お前、手先は器用なんだな」

生き方は不器用なのに、と思ってしまったが、何かを感じ取ったらしい彼女が一瞬嫌そうな目をしたので口には出さなかった。

それにしても、余計なことを訊《き》いてしまった。こんなことなら質問をするのではなかった。

「結婚したら、か」

その時が楽しみなような怖いような——心の中がひっくり返る。

思い切ってピアノの蓋を閉めた。今日はもう集中できない。無様《ぶざま》な曲を聴かせたくない。

どちらかと言えば、怖い、のほうが強いかもしれない。

釣り小屋で泣いた彼女のことを思い出す。

結婚したら、彼女から一番大事なもの——ヘリオトロープの騎士としての仕事、もっといえば、騎士としての誇りを奪ってしまうかもしれない。そうしたらまた泣くかもしれない。

つらい。

「なあ、結婚したら、ヘリオトロープ騎士団は、辞めないといけないんだろうか」

ヒルダがうらやましい。ヒルダになりたい。そうすればユディトの愛情を無限に搾取《さくしゅ》できる。気分は略奪愛だ。自分はヒルダから彼女を奪おうとしているのだ。

「いや、必ずしもそういうわけではないらしい。結婚しても続けることを希望した先輩が過去には何人かいたようで、陛下も禁じたことはないとおおせだ」

「そうか」

思わず溜息をついてしまった。

「過去には、いた、か。今は、既婚者はいないんだな」

彼女は首肯した。

「結局のところ、家の切り盛りをしなければならなくて、忙しくなって辞めてしまうようだ。あと、やはり、子供を産んだら、だな。出産で体力を削られてそのまま戦えなくなる者、育児に時間を取られて家から離れられなくなる者。どう転んでも独身だった頃のようには働けないらしい」

どうにもならない。代わりに産んでやることはできないのだ。それに自分も軍人を辞める気はなかった。南方師団の例を鑑《かんが》みると王族としての仕事も山ほどある。彼女に手伝ってもらわなければならないことも出てくるだろう。

どうしたら彼女を傷つけずに済むのか。

正確には、どうしたら、彼女に嫌われずに済むのか。

ロタールの言葉を思い出す。

――世界で一番不幸そうとでも言いますか――一周回って不幸な自分がお好きなんですよね？

傷つきたくないのは自分だ。可哀想な自分が大好きで、可哀想な自分を愛してほしくてたまらないのだ。ユディトにこのまま何もかも受け入れ続けてほしい。

あまりにも幼稚だ。

「……そうか」

言葉が出なかった。

しばらくの間沈黙が続いた。よくあることだ。彼女は自分からはあまり話さない。アルヴィンが次の行動を取るまでこのままだろう。それが少し重い。責任を問われるように思う。

彼女はいろいろと無頓着《むとんちゃく》すぎる。アルヴィンが何かをするまでひたすら待ってしまう。とはいえ、彼女が激しい自己主張を始めたらそれはそれで寂しいに違いない。結局のところアルヴィンは彼女に依存されることを望んでいて、彼女を支配してめちゃくちゃにしたいという醜い感情を心の中に飼っている。

このままではいけない。なんとかしなければならない。

この時、アルヴィンの中にひとつのひらめきが降りてきた。

アルヴィン自身にはどうにもならない。誰かにどうにかしてもらいたい。ただしアルヴィンの従者たちはそういう性格を熟知しているからこそ手を出してこないし、シュピーゲル城の人間は主人たちに干渉することを徹底的に避けていた。他にいないのか。

いる。南方師団の連中だ。

「お前、明日暇か？」

きょとんとした目を向けられた。唐突すぎたかと不安になった。

「特に予定はない」

ほっと胸を撫で下ろした。

「一緒に来るか」

「どこへ？」

「南方師団の駐屯地」

ユディトは即答した。

「行く。お供させていただく」

明日のための策を練らなければならない。今夜は眠れるか心配だ。

＊

翌朝は、南方師団の駐屯地に行くためにどんな恰好をすればいいかわからず、寝間着でアルヴィンの部屋に行って「何を着ればいい？」と訊ね、「寝間着と外出着の間にワンクッション置け」と叱られるところから始まった。

「何だっていいだろ、誰も見ちゃいない」

「そんなことはあるまい、人前に出る時はそれなりの恰好をせねばならん、人と会う時は相手に不快感を与えない服装であるべきだ」

「不快感なんて清潔な服であればそうそうないと思うが」

「この城の私のクローゼットは洗いざらしの平民の服ばかりでな」

「道理で……お前伯爵令嬢じゃないのかよ」

「あとは王都から持ってきたもの――騎士団の制服とパーティの直前にアルヴィン様からいただいたドレスしかない」

「またそういう極端から極端を……。とりあえず、騎士団の制服でいいんじゃないのか？　一応軍隊の仕事だからな。お前らも女王の親衛隊という意味では兵士の一種だろ？」

というわけで、最終的に騎士団の制服を身に纏って出掛けた。アルヴィンも見慣れた軍服なので、こちらもいつもの、向こうもいつもの、といった感じだ。ユディトの気分は明るい。


南方師団の駐屯地の施設、中でも司令部の建物は、シュピーゲル城から馬で三十分くらいの道のりであった。中心の町の郊外にあり、周りは何もない野原だが、軍の演習場を造るのにはちょうどよかったのだろう。

司令部の建物に入ると、すぐに大会議室へ通された。

長大なテーブルひとつにいくつもの革張りの椅子が並んでおり、壁には肖像画が掲げられている。正面の壁には二枚、女王ヘルミーネと、南方師団の設立に多大な貢献をしたという先代の――ユディトからすると祖父である――リヒテンゼー伯だ。左右の壁には歴代の師団長の肖像画が各三枚ずつ、合計六枚である。

テーブルについているのは、右側に十人、左側に十人、そして正面奥に師団長が一人だ。左右の二十人は各連隊の隊長だそうだ。

二十一人の視線が一斉にユディトに集まった。

いずれも屈強でいかつい顔をした男だ。年齢は若くて父と同じくらいか、最年長の師団長は六十前後と見た。

威圧感がある。

だからといってたじろぐユディトではないが、なかなかすごいところに来てしまったという感覚は生まれた。表情を引き締め、浮ついた気持ちを追いやる。挑むように彼らを見つめ返す。

やや した、男たちのほうが破顔《はがん》した。

「なんと、リヒテンゼー伯の一の姫ではないか！　ようこそおいでになった」

師団長がそう言ったのを皮切りに、男たちが一斉に喋り始めた。

「姫はヘリオトロープ騎士団に入ったのか？　存じ上げなんだ」

「背が高いとヘリオトロープ騎士団の制服が似合うのう、女性好みの麗人に見えるぞ」

「アーダルベルト様に似ておるな、かの方が十代だった頃を思い出す」

大抵は父と顔見知りで、ユディトも幼い頃に何度か挨拶させられている。彼らにとってのユディトは懐かしく親しみのある存在だったらしい。

また別の者たちが言う。

「このたびはご婚約おめでとうございまする！」

「わしの顔を覚えてくださってはおらぬか、婚約記念の夜会にも参ったのだが」

「こうして見てみるとなかなかお似合いのご夫婦でございますな」

「女王陛下もリヒテンゼー伯もさぞかしお喜びであろう」

何もかも知られているようだ。だんだん恥ずかしくなってきた。

誰かが囁いた。

「ご夫婦というより念者念弟《ねんじゃねんてい》といった雰囲気にございますまいか」

「これ、言うでない」

師団長が咳払《せきばら》いをした。

「いずれにせよ殿下がご成婚されるのは我々にとってもありがたいことですな。殿下が妻同伴を条件とする社交場にお出になることができるということですからな」

言われてから気づいた。

この社会には結婚してようやく一人前とみなされる場が存在する。結婚というものが別世界だった頃のユディトは無頓着だったが、言われてみれば父も母を連れて出掛けることがあり、母は行き先で伯爵夫人としてどう見られるかを過剰に気にしていた。

複雑な心境だ。

自分がアルヴィンの活動範囲を広げるのだ、と思うと誇らしい気持ちだった。アルヴィンの役に立てる。それは人に尽くすことを良しとするユディトにとって善行だった。

同時に、妻という装飾品になるのだ、と思うと悔しい。結婚はステータスであり、独身者は差別を受ける。そういう社会に跳び込んでいくことには少し抵抗を感じる。

アルヴィンが言った。

「この先彼女にも政治のことをわかってもらわないとならない局面が出てくると思う。その時のために今から南方師団やヴァンデルン自治区の状況を学ばせておきたい。重要な会議に女を入れるのに眉をひそめる者もあるかもしれないが、ご承知おき願いたい」

その言葉を聞くと嬉しい気持ちのほうが勝った。自分はいつかそういう意味でもアルヴィンのパートナーになるのだ。アルヴィンはそれを意識して、自分にいろいろなことを教えようとしてくれているのだ。

男たちは目配せし合ったが、師団長はこんなことを言った。

「私はよろしいことだと思いますぞ。想定外のことであったので今は準備が足りませぬが、午後にはなんとか致しましょう。取り急ぎ、たいへん恐縮でございますが、壁際の椅子を持ってきてそこに座っていただけますかな」

一番扉側にいた将校が立ち上がり、壁際に並んでいる簡素な椅子を一脚持ってきてくれた。

「自分で支度致します」

ユディトは慌てて椅子を受け取ろうとしたが、父と同輩くらいの将校は笑ってアルヴィンの席である手前の椅子の隣に置いた。

「なんの、姫のお手を煩わせるわけにはまいりませぬ」

居心地がとても悪い。こんな華奢な椅子ひとつ持てない女だと思われたくない。

「とりあえず、今は急ぎだ。後で話を聞いてやるから、今は、おとなしく座れ」

アルヴィンに言われて、ユディトは胸にもやもやを抱えながらも頷いた。アルヴィンだけはわかってくれる。きっと本当に後で八つ当たり三昧の時間を設けてくれるだろう。アルヴィンを信じて、ユディトは素直に席についた。

「さて、始めますか」

師団長のすぐ隣、ユディトから見て右の一番奥にいる連隊長が言う。

「奥方様のために昨日までの話を簡単にさらっておきましょう」

ユディトはかしこまって首を垂れた。

「ヴァンデルン自治区に不穏《ふおん》な動きがあります。先月、諜報《ちょうほう》部員が情報を持ち帰ってきたところによると、一部の部族が東と接触したとのこと」

この場合の東とは、東国、つまり東部で国境に接しているオストキュステ王国のことを指す。

ユディトは緊張するのを感じた。オストキュステ王国は仮想敵国だからだ。

オストキュステとホーエンバーデンはもともと建国当初から仲良くはなかったらしい。

関係が決定的に悪くなったのは、二十年ほど前、先王が第二王女ヘルミーネを未来の女王として指名した時だ。当時のオストキュステ王は女王が立つことを認めず、ヘルミーネが王位にある間はまっとうな国として外交関係を結ばないと通告してきた。女には政治などできぬと言ってきたのだ。

ヘルミーネはこれを内政干渉《ないせいかんしょう》として不服を訴え、即位してまずオストキュステと戦争をした。

女王ヘルミーネは軍事衝突《ぐんじしょうとつ》を恐れない。その心意気を買った周辺諸国やヴァンデルンが協力を申し出たため、ほどなくしてホーエンバーデンは勝利する。こうして表向きオストキュステは女王へルミーネの即位を承認させられたわけだが、腹の中では面白く思っていないようで、現在正式な国交はない。

　女王が自らも女でありながら後継者は絶対男子がいいと思っている理由もこの辺にありそうだ。彼女は、おそらく、必ず周辺諸国に承認される、承認されなくても軍事力で相手国を押さえつけられる勇ましい王子を望んでいる。

「今我が国は王太子の失踪により国際的な信用を失っておりまする。こんな時に東と一戦を交えるのは賢いやり方ではない。なんとか当該の部族に懲罰《ちょうばつ》を加えるだけで事が起こるのを未然に防ぎたい」

　ルパートの顔を思い出した。あの、人形のように美しいがいまいち何を考えているかわからなかった王子のせいで、女王の威信に傷がついている。

「しかし、ここで強引に自治区に介入していってはヴァンデルン全体の心が離れていきかねませぬ。そこで、まずは、ヴァンデルンを協力者と敵対者により分けて、協力者たちの指示を仰ぎつつ状況証拠を揃えていくことになり申した。――ここまではよろしいかな？」

「はい」

　ユディトはすぐ頷いた。

「――で。さっそくですが、アルヴィン殿下におかれましては、今日の午後に協力的な部族の首長たちとお会いいただきたい」

　連隊長が部族の名前を三つ挙げた。とりあえず三人来るようだ。

「よろしいですかね」

アルヴィンが「ああ」と応じる。

「ユディト、お前も来い」

「承知した」

ユディトは大きく頷いた。

「具体的に何を議題に会談していただきたいか、というのを、今からご説明します。おのおのがた、疑問や提案があれば随時」

その時、扉を激しくノックする音が聞こえてきた。

「師団長！　お話し中申し訳ございません！　火急の報《しら》せが入ってまいりました！　大至急お話しとう存じます！」

将校たちが扉に注目した。ユディトとアルヴィンも振り向いた。

師団長は落ち着いた声で答えた。

「開けてやれ」

アルヴィンの斜め向かいにいた将校が立ち上がり、扉を開けた。

扉の外に三人の若い軍人が立っていた。三人とも走ってきたのか息が少々荒い。その表情は硬く強張《こわば》っていて非常事態が起こったことを言外に告げていた。

「中央で重大事件が発生しました」

胸がざわつく。

「先ほど使者が到着して直接幹部の皆様方に状況をご説明したいと申しております。なんでも、その者は事件の現場に居合わせたとのことです。聞けば聞くほど詳細に語るので嘘はないかと」

「ふむ。軍の人間かね」

「いえ、ヘリオトロープ騎士団の者だと名乗る若い女です」

思わずユディトはその場で立ち上がった。

「誰だ」

青年はしばらくしげしげとユディトを眺めていたが、ユディトが騎士団の制服を着ているからか、最終的に話してもいいと判断したようだ。

「エルメントラウト・アドラーと名乗っています」

「エルマ……！」

ユディトは駆け出した。アルヴィンと数名の将校がその後に続いた。


司令部の棟の一階、小会議室で、ユディトはエルマと再会した。

今日のエルマは騎士団の制服ではなかった。少し地味に見えるくすんだピンクのテーラードジャケットを着て、足を覆い隠すほどの丈の黒いスカートをはいていた。女性ものの乗馬服だ。ペチコートで膨らんだ足元の見えない乗馬スカートは、ユディトがこの世でトップクラスに苦手とするもののひとつだ。スカートでも横乗りの鞍《くら》があれば一人で騎乗できるし、ヒルダの護衛官たちは皆横乗りの鞍でも一メートルくらいの柵なら飛び越えられるよう訓練しているが、ユディトだけでなくエルマやクリスも機動性を考えて馬に乗る時はトラウザーズでまたがると決めていた。

そのエルマが乗馬スカートをはいている――それがすさまじい非常事態のように思えた。ヘリオトロープ騎士団においては、女物の服を着なければならず、かつ、その恰好のまま馬に乗らなければならない、という状況は本来ありえないのだ。

「エルマ⁉」

名前を呼ぶと彼女が振り返った。

ユディトのほうが硬直した。

彼女の顔の右下、頬から顎にかけてが青黒く腫れ上がっていた。顎に布を当ててテープで留めているが、痣《あざ》の範囲が広すぎて隠れていない。

「ユディトー！」

それでも彼女はいつもどおり微笑む。まるで何もなかったかのように能天気な顔と声だ。

「おひさー！　休暇楽しんでる？」

「お前どうしたその顔」

「話せば長くなるから後でね。そんなことよりアルヴィン様とはどう？　何か進展あった？」

「私のことのほうがよっぽどどうでもいい。話せ」

「いいじゃん、怖い顔しないでよ。ずっとユディトは色恋沙汰の話題が嫌いなんだろうなって思ってたから言わなかったけどさ、あたし、本当はそういうのが大好きなんだ」

「ふざけたことをぬかしている場合か」

「ぬかしている場合だよ」

手を伸ばしてきた。絡みつくようにユディトの体にくっつき、背中に腕を回した。

ユディトは抵抗しなかった。エルマにされるがまま、黙って突っ立っていた。

エルマがその場で膝を折る。ユディトの腰を抱いて、ユディトの胸の下に顔をうずめる。

「疲れてんだよ。どうでもいい話で癒せよ。あたしは今くだらない恋バナを聞きたい気持ちなんだから話せよ」

頭を抱える要領でエルマを強く抱き締めた。ユディトの腕の中でエルマはしょうもないことを言った。

「ああーユディトのおっぱい！　でもユディトのじゃ質量がちょっと足りないな。クリスのふかふかのおっぱいが恋しい」

「ひとの乳を足りないだのふかふかだのとおかしな評価をするな。ついでに言っておくと騎士団で一番大きな乳をしているのはお前だ」

ユディトの一歩後ろで、アルヴィンとロタールが「そうなのか……」と呟いた。

「ちょっと休憩させて。十秒でいいから」

エルマの後ろに立っていた青年が二、三歩前に出てきて、エルマに向かってこんなことを投げ掛けた。

「もっとしっかりお休みになったほうがいい」

エルマは応えなかった。

「お前ら二人で来たのか？」

アルヴィンが青年に話し掛ける。どうやら知り合いらしい。おそらく士官学校のつながりだろう、アルヴィンと同じくらいの年齢で立ち居振る舞いも少し似ていた。

「ええ、敵を欺《あざむ》くにはまず味方からと言いますし、途中で連中に勘づかれてはまずいと思いまして、夫婦のふりをして来ました。心ならずも妻の顔面を蹴る暴力夫の役を演じるはめになりましたが」

「敵、か」

「向こうは彼女がヘリオトロープの騎士であることを知っているんですよ。彼女の身の安全のためにも変装したほうがいいという話になって」

エルマが体を起こした。

「ごめん。面が割れてる」

会議室にいた時、まず伝えに来た青年たちが、使者は事件の現場に居合わせた者、と説明していた。エルマはその重大事件の渦中にいたのだ。そして犯人側の人間に顔を知られた。至近距離で揉めたということか。顎の痣も相手に暴力を振るわれた結果に違いない。

心臓の動きが速くなっていくのを感じた。けれどエルマにこれ以上の負荷を与えたくなくてわざと声をひそめた。

「何があった？」

エルマが、ゆっくり、頷いた。

「落ち着いて、聞いてね。まあ、無理だと思うけど」

何を言っても場の空気を間抜けにしてしまうと思い、ユディトは無言で目をみはった。

エルマの唇が、一音一音、紡《つむ》いでいく。

「ヒルダ様が、さらわれた」

衝撃が大きすぎて、そのたった数単語でできた一文でさえ、今のユディトには理解できない。

「王配殿下の命日で、弔問《ちょうもん》のために王家の教会に行ったら、敵の襲撃に遭った」

まったく、理解できなかった。

それから先エルマに対応したのはアルヴィンとロタールだ。二人はユディトと違ってまったく冷静のように見えた。

「叔父上の命日ということは、一昨日、二日前か」

「はい。二日前の午前十時ごろです」

「敵というのは？　具体的にどこの人間かわかった？」

「ヴァンデルンの男たちでした。洋装でしたが全員瞳が紫でした。でもヴァンデルンのどの部族の誰かは名乗りませんでした。教会の中に入ってきたのは二十人ほどでしたが、教会の外にも仲間がいたようで、全体でどれくらいの規模だったのかはわかりかねます」

「まあ、おおかた独立を目指す過激派組織だろうから、南方師団に確認すれば調べはつくと思うよ」

「ただひとつ気になることが――」

「何だ」

「クリスが言うには、連中は上半身がドラゴンで下半身が魚の怪物の彫り物が施された銃を持っているそうです」

アルヴィンもロタールも一瞬黙った。

一拍間を置いてから、言った。

「オストキュステ……！」

しかしユディトはそちらはさほど気にならなかった。エルマの口からクリスの名前が出てきたことのほうが気に掛かった。

「クリスも一緒にいたのか」

「うん」

「どうしてお前らが揃っていながらヒルダ様をお守りできなかった？」

エルマが目を伏せた。

「ごめん」

「ごめんで済むことでは――」

大きな手に腕をつかまれた。見るとアルヴィンだった。彼は眉間にしわを寄せて沈痛な面持ちをしていた。

「今ここでエルマに当たっても仕方がないだろ。落ち着け」

「だが――」

「そんなことを言ったら、お前がどうしてこのタイミングで一カ月も休暇を取ったのかという話になるぞ」

言われてはっとした。自分がいればこんなことにはならなかったかもしれない、という思いが全身を駆け巡った。

しかしその場にいる者は誰もそこまでは言わなかった。それが逆にユディトの罪悪感を煽った。皆自分より大人なのだ。自分が単純で愚かな人間のように思えてくる。ぐっとこらえて黙った。

「クリスは――」

エルマが、どこか淡々として聞こえる声で言う。

「ヒルダ様と一緒に拉致《らち》されたままだ。肩と腹を銃でぶち抜かれていて一時は意識がなかった。今頃、その傷がもとで死んでいるかもしれないし、連中に殺されているかもしれない」

ユディトは打ちのめされた。あのクリスが死ぬ、とは考えられなかった。彼女は永遠に冷静な顔でヒルダの傍に控えている気がしたのだ。

「ま、生きてりゃ体張ってヒルダ様をお守りしてるでしょ」

エルマは平気そうだった。

ユディトは一度自分の両手で自分の顔を押さえた。まぶたを閉じ、両目を押さえて、心の中で三秒数えた。切り替えなければならない。

手を退け、目を開けて、エルマを見た。

エルマは微笑んでいた。

「ヒルダ様は、ご無事なんだな」

「少なくともあたしが別れた段階では。やつらはヒルダ様をどこかに連れていきたいみたいだったし、きっと何らかの目的があって、その目的を遂げるまではお体を害する真似はしないんじゃないか、とふんでる」

「どこかに、とは？」

アルヴィンが問い掛ける。

「目的地は言ったか？」

エルマは頷いた。

「リヒテンゼー、とはっきり言っていました」

背筋が、ぞわりと、震えた。

こちらに向かってきている。

王都、リヒテンゼー、ヴァンデルン自治区、オストキュステ王国との国境の町は王都から見て南東方向に一直線に並んでいる。一本の大きな街道でつながれていて、周りは熊や狼のいる森なので猟師でも深入りしない。さらにヴァンデルン自治区からオストキュステ王国に向かおうとすると峻《しゅん》険《けん》な山岳地帯になるので、自治区の手前のリヒテンゼーで山越えの装備をするのが普通だ。

「わかった。ここで迎え撃つぞ」

アルヴィンが言った。その低い声は落ち着いていて、ユディトは聞いていて安心した。

「ここで食い止める。山に入られたら南方師団でも苦戦する」

そしてその先、オストキュステ王国に行かれてしまったら、お終《しま》いだ。

「まあ、なんとかなるだろ」

アルヴィンは冷静だった。

「ヒルダは兄弟で一番少女時代の母上に似ているそうだから、きっと図太く生きている」

ユディトは少しだけ笑った。

「さっそくだが同じ話を師団長に説明できるか？　あともう少し犯行グループについて詳しい情報があると特定しやすい」

そこで、エルマは言った。

「ちょっと待ってもらっていいですか」

ユディトの服を、握り締めている。

「本当に、ちょっとでいいので。もう少しこのまま」

「どうした」

「なんか、ユディトの顔を見たら安心したのか、腰が抜けちゃって」

エルマについてきた青年が慌てた顔を見せた。

「僕ら昨日ひと晩寝ないで駆けてきたんです。彼女はおそらくその前の晩もあまり休めていないのではないかと」

「医務室か仮眠室で眠れないか訊いてきてみるよ」

ロタールが部屋を出ていった。

エルマが力なく呟いた。

「すみません」

エルマは疲れているのだ。

教会で襲撃されたと言っていた。クリスが銃で撃たれた、ということは、エルマも同じように銃を突きつけられたのだろうし、顔をこんなに腫れ上がらせているのを見ると、何らかの拷問を受けた可能性もある。

ユディトは自分がエルマと同じ状況に置かれたら状況報告などできない気がしていた。気が動転してわけのわからないことになっていたはずだ。

「お前は偉いな」

言いつつ、エルマを抱き締めた。

「お疲れ様。先ほどはひどいことを言ってしまったが、冷静に考えると、やはり、お前は尊敬に値する人間だと思う。すまなかった」

エルマの体が一瞬震えた。

「泣いてもいいぞ」

「泣くもんか。あたしゃね、精神的にはヘリオトロープ騎士団最強だって自負してんだよ。ここに来るまでの道中だって、何度、あたしでよかったって、こういう目に遭ったのがユディトや他の子たちじゃなくてよかったって思ったことか」

ユディトは苦笑してエルマの赤毛を撫でた。

師団長の執務室の隣に、豪奢《ごうしゃ》な内装と家具調度の応接間がある。

窓には重い緞帳《どんちょう》が掛けられていて、左右に分けてまとめてもなお薄暗く感じる。大きな金の燭台《しょくだい》の上には直径三センチはあろうかという乳白色の蠟燭《ろうそく》が五本立っており、部屋の中を妖しくゆらめく炎で照らしていた。

三人の男が待っていた。

一人はまだ年若い青年で、ひょっとしたらユディトと同じくらいかもしれない。

もう一人は初老の男性で、おそらく五十代後半から六十代前半くらいだろう。

そして真ん中に座す代表の男はだいたい四十歳くらい、老いてもいないが若くもなく、どっしりとした貫禄《かんろく》を感じた。

三人はいずれも髪を長く伸ばしていて、ところどころ細かく編み込んで数本の三つ編みにしていた。赤を基調とした色とりどりのつぎはぎの服を着ており、腰には毛皮のマントのようなものを巻いている。

髪の色は黒く、瞳の色は紫だ。

独特の香の匂いが漂ってくる。ユディトからすると慣れない匂いだった。どことなく甘い。臭いとは思わなかったが、長く嗅いでいたら酔いそうだ。東方の香辛料を思わせられる。エキゾチックでオリエンタルな、魔法使いの香りだった。

三人はアルヴィンの姿を見ると立ち上がった。

代表者である壮年の男が右手を出した。アルヴィンはその手を取って握手した。

「よくお越しくださった」

「こちらこそ。ホーエンバーデン王国の王族と対面でお話しできるとは恐悦至極に存ずる」

ユディトは驚いた。ヴァンデルンの人間がこの国の言葉を流暢《りゅうちょう》に話すとは思わなかったのだ。それも貴族のように丁寧な敬語表現を駆使している。

そしてそう思った自分を深く恥じる。

見慣れない風貌《ふうぼう》に圧倒されて、同じ国に住む人間であることを忘れてはいなかったか。

「座られよ」

アルヴィンが言うと、三人はめいめいにソファへ腰を下ろした。三人と相対するようにアルヴィンも座った。

「ロタール、こっちに来い」

アルヴィンの後ろに控えていたロタールが、「はい」と返事をしてアルヴィンの隣に座った。

「ユディト」

ロタールの隣に突っ立っていたユディトは、名前を呼ばれて我に返った。

顔を上げた。アルヴィンと目が合った。

「お前も俺の隣に座れ」

気持ちがぱっと明るくなった。アルヴィンの仲間として、この場に同席できる人間として認められたのだ。

向こうが三人であることに配慮してこちら側も三人にしたかったのか、アルヴィンはそれ以上人の名前を呼ばなかった。背後、壁際やドア周辺に南方師団の人間が何人か控えているが、彼らは近づいてこない。ヴァンデルンの男たちも彼らをまるで存在していないかのように無視してアルヴィンだけを見ていた。

まず、中央の壮年の男が自己紹介をした。ヴァンデルンの中でもとりわけ人数が多い部族の長《おさ》だそうだ。彼はあくまで人数が多いというだけで他の部族より偉いわけではないと念押ししたが、ユディトは彼の堂々とした振る舞いに王者の風格を見た。

左右の男を紹介する。両方ともまた別の部族の長らしいが、やはりどこが上でどこが下ということはないらしい。

「そもそも我々は本来つるむ習わしを持たない。基本的には氏族単位の数十人で生活していて、必要な時にだけ同じ祖先から分かれたいくつかの氏族が集まってひとつの部族になる。よその部族はまったくの他人だ。ましてや民族の団結など、そちらにひとくくりにされてヴァンデルンと呼ばれるようになってから出てきた新しくて珍奇《ちんき》な概念《がいねん》だ」

壮年の男はそう語った。

「だが民族という考え方が輸入された以上は意識せざるを得ない。我々は同じ言葉を話す者たちで連合することを考えた。そちら側に自治区を用意されて初めて、だ。そこからだな、あっちの部族がホーエンバーデンにつくだの、こっちの部族がオストキュステにつくだの。散らばったまま暮らしていれば仲良くもしないが喧嘩《けんか》もしなかっただろう」

アルヴィンは苦笑した。

「女王陛下は余計なことをした、ということか」

「そうとも言う」

男は冷静な顔でそう答えた。

「まあ、それが大いなる歴史の流れであり、宿命なのだろう。一度縁ができた以上は捨て置けない」

「かたじけない」

彼は自分の話を続けた。

「我々は今大別して二つのグループに分かれている。ひとつは今ここにいる私たち——女王の引いた線に文句がない部族。もうひとつは、女王の引いた線に文句がある部族だ」

「文句がある部族は何がそんなに不満なんだ？」

「単純な話だ。我々は確かに季節ごとに移住するが、それぞれ移動する範囲、いわば縄張りが決まっていたのだ。その縄張りの上に線を引かれて土地が減ったと感じている者たちがいる。私たちは縄張りが無事だったから現状に満足している」

「下調べが足りなかったんだな。あなたたちのすべてが納得するように線を引けばよかったんだ」

「だがこれ以上譲歩したら今度はリヒテンゼーの領土が減る。リヒテンゼーの面積が減ったら女王は面白くないだろうさ。我々も全員が全員善良なわけではないしな、土地欲しさに嘘の縄張りを申告する者もいるかもしれない」

聞いていてユディトは頭がくらくらするのを感じた。

知らなかったことだらけだ。ヴァンデルンが複数の派閥に分かれていることも知らなかったし、十数年前のヴァンデルン自治区の成立を喜んでいない者がいたことも知らなかったし、その問題にリヒテンゼーも関わることも知らなかった。彼らの主張と王国側、リヒテンゼー側の利権が衝突する可能性など微塵も考えていなかったのだ。

アルヴィンとロタールを見た。二人とも冷静な顔をしている。どこまで把握していたのだろう。慌てているのは自分だけなのか。

「結局のところ妥協なのだ」

男は断言した。

「異なる文化で生きる者がともに暮らすためには何かを諦めなければならない。得るために捨てるのだ。それができない者が新時代に適応できず問題を起こす」

こちら側は、何も言わなかった。

「ここにいる私たちは平和な生活を得るために妥協して女王に従うと決めた面子だ。流浪の自由を──そちら側が言うところの民族のプライドとやらを──捨てて女王に生活を保障してもらうことを選んだ。だから信頼していただいて構わない」

アルヴィンは頷いた。

「具体的にはどうなるのをお望みだ？」

「金だ」

男が滑らかに答える。

「我々の労働力をホーエンバーデン市民の労働力と同じ価値をもつものとして同じ単位ではかっていただきたい」

表情ひとつ変えなかった。

「よそから奪わずに食っていくためには狩りによらない収入がなければならない。とはいえ、ばらまきが不穏《ふおん》の種になることは我々も承知している。対価は提供する。たとえば、ホーエンバーデンに不利なことをしでかしている連中の情報を仕入れてくるとか、な」

ユディトは唾を飲んだが、アルヴィンは落ち着いていた。

「そのお申し出はありがたい」

「殿下がそうおっしゃってくださるのは嬉しいが、女王はなんとおっしゃるか。野蛮な流浪の民との交渉に応じるお方か？」

「もちろんだ。まずは俺が陛下を交渉のテーブルにつかせる。それに万が一女王が否と言っても直接やり取りする機会のある南方師団は別だろうし、最悪俺のポケットマネーでも頼む価値はあると思っている」

「ふむ。ありがたい王子様がおいでになったものだ」

そこで、彼はふたたび右手を差し出した。

「交渉成立だ」

ユディトからするとその言動が唐突に感じられた。何の交渉が成立したと言っているのかわからなかったのだ。

そんなユディトの心情を顔色で察したのか、彼はにっと笑った。

「何のことはない、我々にはホーエンバーデンのために働くつもりがあり、その分の対価が欲しいと思っている、ということを女王に伝えてくれる人に出会いたかったのだ。女王のお身内である殿下がそうおっしゃってくださるのならば、それだけでも今日ここに来たかいがある。我々は本日の目的を果たすことができたのだ」

アルヴィンが男の手を握り締めた。

「必ず。俺が責任を持つ」

男がアルヴィンの手を固く握って振る。

「大丈夫だ、奥方様。我々はそんなに難解で恐ろしい生き物ではない」

見抜かれているようだった。ユディトは自分を情けなく思った。同時に少し緊張が解けるのを感じて、大きく息を吐いた。

「申し訳ない」

ユディトが頬を赤くしてそう言うと、なんとなく場の空気が和んだ。左右にいたヴァンデルンの青年と初老の男も微笑みを浮かべた。

「さて、さっそくだが」

手を離して、男が話題を切り替える。

「お姫様が誘拐されたんだったな」

ヒルダの顔を思い浮かべて、ユディトは気を引き締めた。

「心当たりはある。報酬を約束してくださるのならば情報を提供するし、なんなら積極的に彼らの隠れ家《が》を探そう」

「本当に助かる」

「だが我々も自分の身が可愛い。オストキュステとひと悶着《もんちゃく》が始まるならば南方師団にすべてを投げてとんずらするが、それは許していただきたい」

「それも約束する。あなたたちの部族には累《るい》が及ばないようにする。それに俺たちも戦争はしたくない。あくまで当該の部族をあぶり出したいだけだ」

男はいくつかの部族の名前を挙げた。

「こいつらの間で謎の人物の目撃情報がある。金髪碧眼《きんぱつへきがん》の身なりのいい若い男だ。どうやらホーエンバーデンの中央の貴族のようだ」

「やられたな」

ロタールが呟く。

「こっちの身内にヒルダ様の情報を売るクソ野郎がいるってことですね」

胸の奥が冷えるのを感じた。

「もっといえば、身内にオストキュステと通じたやつがいるってことですよね。ここで止めなかったら、ヴァンデルンとも揉めるし、オストキュステとも揉めるし、内輪揉めで内戦にもなる、と」

「どんどん俺の責任が重くなっていくぞ」

アルヴィンが苦笑する。

「ただ、ホーエンバーデンの貴族に金髪碧眼の若い男はごまんといる。どこのどいつかわかれば中央に早馬を飛ばして家を押さえるんだがな」

「家を押さえて止まってくれる人間ならいいんですけど。もしもホーエンバーデンがオストキュステに滅ぼされてもいいと思っているような人物なら、すでに自分の家もどうでもよくなっているってことかもしれません。強烈な破滅願望の持ち主ですよ」

そこで、アルヴィンが両目を見開いた。

「心当たりがある」

「何のです?」

「ホーエンバーデンの人間で、金髪碧眼の身なりのいい若い男で、実家を滅ぼされてもいいと思っている強烈な破滅願望の持ち主」

一呼吸を置いてから、彼は、言った。

「おそらく――」


悪路のせいで激しく揺れていた馬車が止まった。

ヒルダは顔を上げた。やっと移動が終わったのではないかと思ったのだ。これで目眩《めまい》と吐き気から解放される。目的地に着いたからといって自由になれるわけではないが、体調が安定すればできることが増えるのではないか。

横を見た。

ヒルダの肩にもたれて、クリスが荒い息をしている。

彼女は昨夜から高熱を出していて自力では起き上がれなくなっていた。ヒルダには医療の知識がないので断言はできないが、おそらく、傷が膿《う》んでいるのだろう。普段は清らかな百合《ゆり》の香りのする彼女の体が今は生臭い。制服の肩には黄色い体液の染みが広がりつつあった。

クリスの腹に腕を回して、ぎゅっと抱き寄せる。

自分が守らなければならない。いつも守ってもらっていた。今度は自分が頑張らないといけない。

クリスのことを考えるとヒルダは強くなれた。クリスを守ろうという意識がヒルダを奮い立たせた。ユディトやエルマのことも思い出せた。もう少し我慢すれば助けに来てくれるはずだ。そう思えば、ヒルダは耐えられる気がした。

クリスがいてくれてよかったと心から思う。もしも自分一人だったらとっくの昔に気が触れていただろう。たとえば、もう三日も入浴させてもらえなくて恥ずかしかったり、一食につき硬いパン一個しか与えられず肉も野菜も食べられなくて悔しかったり、そういうようなことに負けてしまっていたと思う。得体の知れない誰かと戦おうとは思わなかったに違いない。

ヒルダは何度か主犯格とおぼしきリーダーの男に会わせてくれと懇願したが、ここに至るまでずっと無視されてきた。クリスがいなかったらそもそも会いたいとは言わなかったかもしれない。一刻も早くクリスを医者に診《み》せたいという気持ち、もっといえば、クリスを謎の大義名分とやらの犠牲にしたくないという気持ちが、ヒルダを奮い立たせていた。

でも、いやが上にも感じてしまう。

自分の中から何かがぼろぼろとこぼれ落ちていく。

歯を食いしばった。

絶対、絶対絶対、泣かない。

戸が開いた。窓に板が打ち付けられていて暗い馬車の中に、眩しい光が差し込んできた。外を見た。ここがどこか確認しようとした。けれど見えるのは森の木々ばかりで、場所を特定できるものは何もなかった。

次の時、戸を開けた人物が目に入ってきた。

ヒルダは両目を大きく見開いた。

馬車の中に入ってきたのは、年若い青年であった。日に焼けていない真っ白な肌にアーモンド形の二重の目をしている、整った容貌の青年だ。

バターブロンドの髪に碧の瞳をしている。

見覚えのある顔だった。

忘れたくても忘れられない顔だった。

この世で唯一の兄の顔だ。

「兄様……」

頭が真っ白になった。

「どうしてルパート兄様がここに？」

一瞬、ヒルダの脳裏に、助けに来てくれたのか、というのが浮かんだ。ルパートは兄弟にあまり興味関心を示さない少し冷たいところのある青年だったが、妹のヒルダが危ない目に遭っていると思えば何らかの行動を取るだけの情はあったのではないか、と。

すぐに考えを改めた。

ヒルダを見るルパートの碧の目が、この上なく冷たかったからだ。

ガラス玉のような彼の瞳は、ヒルダにとって、見慣れたものだった。感情のない、意思のない、人形のような、美しく寡黙《かもく》な兄だった。

彼はヒルダの正面に座った。

「出して」

彼がそう言うと、馬車はふたたび動き始めた。まともな通りに出たのか、揺れは先ほどより小さくなった。

胸の中身が、どくり、と血を吐き出す。

馬車が、ルパートの指示どおりに、動き出した。

しかも彼はこんなことを訊ねてきた。

「クリス、死んだ？」

怒りと憎しみで目の前の世界が真っ赤に染まったように見えた。

やっとわかった。

「そろそろ捨てていきたいのにな」

ヴァンデルンの男たちがあの方と呼んでいたのはこの兄だ。この兄が、ヴァンデルンの男たちを煽動《せんどう》して、ヒルダを拉致させたのだ。彼らは第一王子を旗印にしてホーエンバーデンの中枢に矢を放とうとしているのだ。

なぜなのかは想像がつかなかった。どうしてこんなに過激な行動に出たのか、おとなしかった兄からは連想できない。いったいどうして彼はヴァンデルンの男たちと手を組んだのか。

しかし、ヒルダを手にかけたら女王が極端な行動を取る、というのがルパートの発言だと思うとヒルダは納得できた。彼こそこの世でもっとも母である女王を理解している人間だ。ヒルダ自身も母が少し自分を特別視しているのを感じていた。そしてそれをそうと認識している者などヒルダと女王の会話を直接見聞きしたことのある人間だけだろう。

「どうしてだと思う？」

ルパートは静かな声で訊ね返してきた。

「どうして僕がここにいてお前と向かい合っているのか。賢いお前なら、わかるよね？」

ヒルダはルパートを睨んだ。

「わかりません」

こんなやつはもう兄ではない。

「お兄様が何を考えておいでなのか、昔から、今でもずっと、さっぱりわかりませんわ」

ルパートはしばらく無言でヒルダを眺めていた。馬車が静かに前へ進んでいく。

追い出したい、と思った。この兄と同じ空間にいることすら耐えがたいくらいの怒りがヒルダの中に渦巻いていた。

だが何もできない。腕力では、十四歳の少女であるヒルダと二十二歳の男性であるルパートだと、当然勝てない。口で歯向かっても、この兄は押しても引いても反応しないのだ、あしらわれるに決まっている。それに、少しでも気力体力を温存しておかなければならない。安全なところに辿り着いてクリスを無事に休ませるまでは無茶な行動を取ってはいけない。

怒りで震える心を抑えつけ、黙ってルパートを睨み続けた。

名前を呼ばれたのがわかったのだろうか、クリスが目を開けた。アイスブルーの瞳でルパートのほうを見る。

ヒルダは手でクリスの目を覆ってルパートを見せないようにした。彼女にこれ以上の刺激を与えてはいけない気がしたのだ。さすがのクリスも怒るだろう。この兄はもともと妹姫たちに優しくなく、騎士団の中では彼の信頼度はゼロだ。そこを今度こそマイナスまで突き抜けるのである。

「なんだ、まだ生きているのか。邪魔だな」

ヒルダはおかしくなりそうだった。実の兄がここまでむごい物言いをする男だったとは思っていなかった。いくら自分たちに冷たくても、もう少しまともな倫理観の人間だと思っていたかったのだ。

「――よくもこんな残酷なことを」

我慢できなくなった。恨みのこもった声が出た。

「しかも、よりによって、お父様の命日に、王家の教会を。お父様の冥福《めいふく》を祈りこそすれ、教会の中で銃を撃つことを許可するなど、どうかしていますわよ」

ルパートは落ち着いていた。前から感情がどこか欠落しているところのある人だったが、ここまでだったとは思っていなかった。

「それを言うなら、父上の命日があるのに外遊の予定を組む母上もどうかしているよね。前倒しにすることも先送りにすることも可能だったのに。父上を悼む気持ちがかけらもないからできることだ」

痛い指摘だった。

ルパートの言うとおり、母はおそらく、父の命日を忘れているか、覚えていてもさほど重要視していない。

父を軽んじてきたのは他ならぬ母だ。母のそういう態度を見てきたから子供たちも父を重んじなかった。ヒルダがあの日教会に行ったのも、父が恋しかったからではなく、子供たちのうちの誰かは行ってやらないといけないという使命感からだった。

「母上は基本的に男を種馬だとしか思っていないから」

ルパートが淡々と言う。

「アルヴィン兄さんとユディトが婚約したそうだね。いかにも母上の考えそうなことだ。自分にとって都合のいい人間と同じく自分にとって都合のいい人間を掛け合わせて自分にとって都合のいい子供を得ようとしている」

ヒルダは言い返せなかった。

少しの間、二人は沈黙して向き合っていた。

ヒルダは下品な罵詈雑言《ばりぞうごん》が出てしまいそうな気がして口を開けなかった。いまさらかもしれないが、ルパートと顔を合わせてから少し時間が経ったことで、王女として失態を見せたくないと思い

始めたのだ。今の衰弱しているクリスに汚い言葉を聞かせるのも嫌だ。

落ち着け、落ち着け、と自分に言い聞かせる。

「――今後のことだけど」

ルパートが語り始めた。

「お前にしてもらわないといけないことがあるから説明するよ」

「わたくしに？」

「そう。小さい妹たちにしようか迷ったけど、小さすぎてまず当人の世話をするのが面倒だからね」

細く息を吐いた。六歳と四歳の妹たちではなくてよかったとは思うが、理由があまりにも身勝手だ。

「あのねヒルダ」

窓から差し入るほんのわずかな光が、ルパートの暗く冷たい瞳を照らしている。

「お前に女王になってもらいたい」

一瞬何を言われたのかわからなかった。思わず聞き返してしまった。

「は？」

「この国の最後の女王になってもらう」

目を丸く見開いた。

「母上の時のようにはうまくいかないよ。みんながお前を引きずり下ろそうとするだろう。それがいい。お前は戦争なんかできないからね、放っておいたらホーエンバーデンは四方八方からむしり取られる」

「そんなことさせるものですか！　だいたい今の国際関係をご存じないのですか？　ホーエンバーデンがあるからこそ保たれている均衡だってあるのに――ニーダーヴェルダーだって黙ってはいませんよ」

「大丈夫だよ。最終的にはオストキュステが丸ごと貰ってくれる」

怒りで脳味噌が沸騰《ふっとう》しそうだ。

「オストキュステとホーエンバーデンがひとつになる。ニーダーヴェルダーなんて弱小国は問題にならない。この地方はすぐにオストキュステの下に統一されるだろう」

「ですがわたくしが女王になったら絶対国を譲り渡したりなど――」

「お前が実権を握ることはない」

予期していなかった言葉が飛び出した。

「オストキュステの王子と結婚させて、オストキュステの王子を共同統治者にするから。政治は全部彼がやるよ」

愕然《がくぜん》とした。

「わたくしが結婚ですって？」

今までまったく考えたこともなかった、顔も知らない男と、だ。それも、この国を脅《おびや》かす敵国の王子と、だ。

「お前はオストキュステの王子の子供を産む。その子供がホーエンバーデン王になる。そうしたらオストキュステ王は誰からも非難されることなくホーエンバーデン王の親族としてホーエンバーデンの政治に口を出せるようになる――」

鳥肌が立った。おぞましい計画だった。だがオストキュステから見たら現実的かもしれない。うまくいけば戦争せずにホーエンバーデンを併合できる。

「まずはお前に女王になってもらわないと。母上にお前を後継者として指名してもらわなければ」

それでも、ルパートは落ち着いた顔をしていた。

「母上にはこのままホーエンバーデンに帰ってこないように言おう。このまま退位してもらって、ニーダーヴェルダー辺りで静かな余生を過ごしてもらおう。年内には、お前は女王になって結婚するんだよ」

その次の時、ルパートの口元が、少しだけ歪んだ。

「母上はお前が一番可愛いから、お前に何かあると思ったら言うことを聞くんじゃないかな」

ヒルダは少し笑った。けして楽しくはなかったが、兄の言葉を聞いたら皮肉な笑みがこぼれた。

「何をおっしゃいますか。お母様は狂ってしまうほどお兄様を愛しておいでですよ。世界で一番、何よりも、最初の息子であるお兄様を」

「それは僕が母上に逆らわない都合のいいお人形さんだったからだよ」

ざっと、血の気が引いた。

「母上は僕の考えなんて一度も聞いてくれなかった」

その言葉を吐く瞬間、兄の目は血走って、先ほどにはなかった激しい憎悪《ぞうお》が滲んだ。

「僕に意思や感情があるとは思っていなかったんだ」

怖い、と思った。

誰よりも、母を、怖い、と思った。一人の青年にこんな顔をさせる母を、恐ろしいと思った。

そしてそこから、兄の真意が見えてくる気がする。

彼は、ひょっとして、この国から恐ろしい女王を除こうとしているのではないか。

彼は誰よりも女王のことを知っている。

彼は誰よりも、女王が恐ろしい人間であることを、知っている。

「でもね、ヒルダ」

ルパートが身を乗り出す。ヒルダはクリスを抱え直して背もたれに背中を押し付けた。

「母上はお前の話は聞くよ。お前には意思や感情があると思っている。母上にとってのお前が少女時代の自分だからだ。自分の分身であるお前をひとりの人間として見ているんだ」

兄の言うとおりかもしれなかった。

生まれて初めて、この家はおかしい、と思った。

ルパートが御者に向かって「止めて」と言った。馬車が止まった。

彼は馬車から出ていった。さも、ヒルダと一緒にいるのが不潔で不快なことであるかのようだった。

ヒルダは自分がからからに乾いてしまってもう涙も出てこないと思った。

第五章　記念すべき第一子はリヒテンゼー製にしような

その日は眠れない夜になった。

南方師団の人々はユディトに城へ帰るよう言ったが、ユディトは駐屯地から離れたくなかった。いつ次の情報が入ってくるかわからなかったからだ。

事情があまりにも複雑だったので第一報は人を遣《や》ったが、以後中央は伝書鳩《ばと》を飛ばすつもりだという。南方師団はいつ来るかわからない鳩を待っていた。

城に帰っても落ち着かない時間が続くに違いない。休めるわけがない。駐屯地にいればまだ何かをしている気になれた。

実際には役に立てていない。中にはユディトがリヒテンゼー伯の娘であることやアルヴィンの婚約者であることを気に掛ける者もある。かえって邪魔ではないかというのもよぎった。だが誰も表立ってそうとは指摘しないでいてくれた。

ユディトは無言で過ごした。日が暮れてからは邪魔にならないよう医務室で眠り続けるエルマに寄り添った。

エルマが目を覚ましたのは、日没から少し経った頃のことだった。

追加情報を求めて訪ねてきた数人の将校とともに事件当時の現場の話を聞いた。

将校らは淡々と書き取りしていたが、ユディトは怒りでおかしくなりそうだった。仲間がそんな目に遭わされたことが悔しかったし、そういう状況をヒルダに見せてしまったことも悔しかったし、何よりその時自分が王都にいなかったことが悔しかった。

今ここに敵はいない。怒りをぶつける先はない。自分にそう言い聞かせて無言を貫いた。

エルマは両手に包帯を巻いている。その下がどうなっているのかやっとわかった。どれだけ痛かっただろう。それでも手綱を握ってここまで来た。彼女が騎士団にいてくれてよかったと心から思った。

襲撃者たちが彼女を辱めようとしたのも許せなかった。絶対に捕まえて性器をもいだ上で殺してやると思った。当人は顔色ひとつ変えずに南方師団の将校にその時のことを説明している。自分にその強さはない。

「まあ、大丈夫だと思い込みなよ」

エルマが言う。

「あたしは長い付き合いだから、あんたはどんなことがあってもヒルダ様をお助けするために全力を尽くすってわかってる。でもこの場にいる全員があんたがどんな人間か知っているわけじゃない。冷静さを欠いていると思ったら南方師団はあんたを外すだろうよ」

エルマの言うとおりだった。ユディトは定期的に深呼吸をしつつ平気なふりを装った。

その頃中央からの伝書鳩が到着した。

どうやら宮殿にいる宰相《さいしょう》のもとに犯行グループから手紙を預かったというヴァンデルンの少女が現れたらしい。

手紙に書かれた要求は次の三つだ。

第一に、女王ヘルミーネは帰国せずニーダーヴェルダー王国にとどまること。

第二に、南方師団はヴァンデルン自治区を監視する部隊を解散させること。

第三に、リヒテンゼーでこちら側の代表者とそちら側の代表者の会談の場を設けること。

宰相はヒルダの身の安全を最優先に考えてひとまず要求を呑む恰好を見せた。ただし、王都からではニーダーヴェルダーの都もリヒテンゼーも距離があるので連絡を取るのに時間がかかる、と言って、時間稼ぎができるように設定した。第三の要求については、南方師団がすぐに応じるはずなので南方師団に言うように、と回答した。妥当な判断だった。

その話をユディトに聞かせてくれたのはアルヴィンだった。ユディトはそれが嬉しかった。ユディトを刺激しないようにという配慮からか、南方師団の面々は何も言わなかった。だが彼だけはユディトがずっとヒルダを気に掛けて情報を待っていることを忘れずにいてくれたのだ。

夜が明けて少し経った頃のことだ。

アルヴィンとロタールが医務室にやってきて、司令部の中にある食堂で朝食が振る舞われるので食べに来い、と言った。ユディトとエルマは、腹が減っては戦はできぬ、と言い合って彼らについていった。

医務室から見ると、食堂は玄関を挟んで反対側の端に位置していた。四人で玄関ホールのほうへ向かって歩いていった。

玄関のほうから声が聞こえてきた。

「こら！　待ちなさい！　言うことを聞きなさい！」

若い男――おそらく玄関で門番をしている青年兵士――の声が響いている。それから何かを追い掛け回しているらしき足音だ。野生動物でも入ってきたのだろうか。

玄関に出て、ユディトは目を丸くした。

青年兵士が追い掛けているのは動物ではなかった。

ヴァンデルンの子供だ。

細い髪を数本の三つ編みに結い、赤や黄色の端切《はぎ》れをつなぎ合わせて作った服を着た、まだ五歳くらいだと思われる幼子が走り回っていた。性別はわからない。ヴァンデルンは男も女も皆髪を長く伸ばすのだ。

子供が顔を上げた。

目が合った。

「あーっ！」

こちらに向かって走ってきた。

「なんだなんだ?」

エルマが前に出て「おいでおいで」と言いながら手を伸ばした。だが子供はその腕の下をくぐり抜けて一目散に突進してきた。

最終的に、その子はアルヴィンに体当たりした。幼児の体当たりなどなんでもないらしくアルヴィンは体こそ動かさなかったが、目を丸くして「なんだ? どうした?」と上ずった声を出した。

その子が勢いよく喋り出した。短母音ばかりが続く、母音の多い言葉だった。魔法の呪文に聞こえた。

「ヴァンデルン語ですね」

ロタールが言う。なるほど聞き取れないわけである。

子供はしばらく何かを話し続けていたが、やがてアルヴィンが自分の言葉を理解していないことに気がついたのだろう、下唇を嚙んで黙った。その表情は悲しそうで、いとけなさがいじらしくて、見ていると胸が締め付けられた。

アルヴィンも同じことを思ったのだろうか、彼はその子供の肩に腕を回して引き寄せるように抱き締めた。

「ごめんな、俺はヴァンデルン語がわからないんだ。わかりそうに見えたんだな」

その子は大きな紫の瞳を涙で潤ませながらおずおずと頷いた。

「ぼく、むつかしいことば、わからない」

こちら側の言葉がまったくわからないわけでもなさそうだが、意思の疎通《そつう》は難しそうである。

玄関にいた青年兵士が走ってきて、「申し訳ございません」と言った。アルヴィンは「いや、構わん」と答えた。

「一人で来たのか？　親は？　お父さん、お母さん。わかるか？」

「おとうさん、いない。しごと、いく」

「仕事に行っていていない、ということか？」

「しごと。ぼく、しごと、いっしょ」

突然、その子は自分の襟元に手を突っ込んだ。次の時、服の中からくしゃくしゃになった紙が出てきた。

その場にいた全員が硬直した。

子供が取り出したのは封筒だった。そしてその宛名に、アルヴィン殿、と書かれていた。

「わたす。ぐんじん。ぼくらとおなじ。め、おなじ」

単語を並べながら、アルヴィンの目を指差す。

「ぼく、しごと。えらい」

「……それ、貰ってもいいか？」

「あげる。あなた、わたす。いわれた」

子供が手紙を差し出した。アルヴィンは片腕でその子の肩を抱いたまままもう片方の手で手紙を受け取った。封蠟《ふうろう》には当たり障りのないクローバーの模様だけが刻まれており、差出人はどこにも書かれていない。

「僕らと同じ目をした軍人、か」

アルヴィンが呟く。ロタールが息を吐く。

「王国軍にはアルヴィン様しかいませんからね」

南方師団にすら、ヴァンデルンは一人もいないのだ。

アルヴィンは一度子供から手を離した。片手で封筒の端を持ち、もう片方の人差し指を封筒に突っ込んで強引に封蠟を割って開けた。

中に入っていた便箋《びんせん》を広げた。

しばらくの間無言で読んだ。

ややして、ロタールに渡した。

「ご指名だ」

ユディトはおずおずと「指名、とは?」と訊ねた。アルヴィンは眉間にしわを寄せ面白くなさそうな顔で答えた。

「ヴァンデルン解放戦線とやらは俺とおしゃべりしたいそうだ。ヒルダを返してほしかったら一人で指定の場所に来いと書かれていた」

「アルヴィン様を名指ししたのか」

「ああ」

読み終わったらしく、ロタールは便箋をエルマに回した。エルマが「読んでいいの?」と問うたので、「どうぞ、お二人で」と答える。

「アルヴィン様がリヒテンゼーにいることを知ってるんですね」

「特に隠してもいなかったけどな」

アルヴィンは言いつつ頷いた。

「どうして俺なんだろうな。まあ、ルパートが絡んでいるんだとしたら、南方師団の手には負えないだろうからもともとしゃしゃり出るつもりではいたんだが」

エルマが読み始めたのをユディトも脇から覗き込んで一緒に読んだ。

教養のある人間特有の格調高い文面だが、要約すると、宰相が受け取ったという手紙にあった女王の帰国を拒否する件と南方師団の監視団を解散する件の繰り返し、そしてアルヴィンを呼び出す件、この三点が書かれている。

最後に、ヴァンデルン解放戦線、と書かれていた。それが彼らの組織名なのだ。

「明日午前十時、青いユリの家……」

アルヴィンが訊ねてくる。

「それ、どこか知ってるか？」

ユディトは頷いた。

「旧市街にある空き家の屋号だ。壁に青いユリの絵が描かれている。昔貧しいヴァンデルンに施しをする篤志家が住んでいたのだが、ヴァンデルンと関わるのを嫌がった息子たちが相続を放棄して空き家になってしまったのだ」

「旧市街か。リヒテンゼーの町のど真ん中でやらかす気だということだな」

エルマとユディトも読み終わって便箋をロタールに戻した。

「ねえ、これ、偏見だったら申し訳ないんだけど。ヴァンデルンの人にこういう文章を書ける人ってどれくらいいるんだろ？　あたしには相当身分の高い人が書いたように思えたんだけどさ」

「残念ですが僕もそう思いますね。やはりルパート殿下なのでは？」

「その可能性は高いな。ルパートの手書きかはわからんが――あいつと文書でやり取りする機会なんざなかったから筆跡が思い出せない」

四人が四人とも全員の顔を順繰りに見た。

「師団長に報告して作戦会議をしましょう」

ロタールの提案に全員が頷いた。

「――と、その前に」

エルマが微笑み、ヴァンデルンの子供の頭を撫でる。

「みんなで朝ご飯を食べよう。坊やもお腹《なか》、空《す》いてない？」

幼子がぱっと笑みを作った。


翌朝午前八時、旧市街の市場近くにある南方師団幹部の私宅の応接間に、合計九人の人間が集まっていた。家主である大佐とその息子で同じく軍人の青年、三人の将校、アルヴィン、ユディトとエルマ、ロタールである。隣の食堂には十数人の精鋭の兵士が待機している。

今日は日曜日だ。市場は休みだが、リヒテンゼー聖母教会には日曜礼拝で大勢の人が集まっていた。教会を襲撃されたら多数の死傷者が出るだろう。ヴァンデルン解放戦線が指定してきた青いユリの家は教会から五百メートルも離れていない。

「最低だな」

ロタールが呟いた。

「ヴァンデルンはキリスト教徒に日曜礼拝もさせない野蛮人だと思われることになる」

深刻な問題だった。ヴァンデルンには協調派と独立派がおり、独立派の中でも穏健《おんけん》派と過激派がいる。だが過激派の行動をヴァンデルン全体の意思だと思い込む人間が多数出るだろう。もし背後にオストキュステ王がいてヴァンデルン解放戦線に裏から指示を出しているなら、オストキュステ王がヴァンデルンの印象を悪くしようと目論んでいることになる。あまりにも性格が悪い。

「なんとしてでも青いユリの家の中だけで済ませないとな」

アルヴィンが言った。全員が頷いた。

ドアが開いて、一人の青年が入ってきた。私服だが兵士だ。

兵士たちは、過激派組織を刺激しないよう、また一般民衆を不安にさせないよう、あえて私服を着ている。学生が着る夏服の白いシャツに薄手のジャケットだ。学生のふりをしていれば決闘のために帯剣していても違和感はない。

将校たちも、ロタールとユディト、そしてエルマも私服だ。代表者として先頭に立つアルヴィンだけが軍服を着ている。エルマに至っては農民のようにディアンドルという民族衣装を着ていて、膝丈のスカートは可愛らしくさえあった。

「教会の周辺、市場、市庁舎、大通りの交差点への人員の配置が終わりました。教会の中にも十二人、礼拝参加者として兵士を潜り込ませています」

ヴァンデルンの過激派は何人いるかわからない。町には正規の手段で役所から許可証を得て滞在しているヴァンデルンもいて、全員捕まえて尋問していたらきりがない。警備の強化で対応するしかない。

さらに言うなら、敵はヴァンデルンだけではないだろう。この国の中にも協力者がいるかもしれないし、オストキュステ市民は言語も身体的特徴もホーエンバーデン市民と一緒だ。そうなると見た目ではわからない。

「確認する」

将校のうちの一人が、テーブルの上に青いユリの家の見取り図を広げた。

家の内部に入ったことのある人間はいなかったが、辺りは住宅密集地で、似た構造の家が並んでいる。南方師団は近所に住む同じ外観の家の人間に協力を仰いで推定の図を描いた。

建物は三階建てだ。さほど広い家ではないのでワンフロアに十人以上の大人数が詰めているということはないだろう。少し幅のある路地に面した部分が正面で、壁に青いユリの絵が描かれている。裏路地に面した部分に勝手口があるはずだ。

「アルヴィン殿下は正面からお一人で入られよ。我々は兵士を連れて玄関付近でいつでも突入できるように待機している。動きがあれば合図をしていただきたい」

「わかった」

「裏側からは、別動隊が入る」

裏路地側、勝手口があるであろう辺りを指す。

「前後から挟み撃ちにする。勝手口から逃げ出せないようにするのだ。建物の中にいる過激派組織の人間を全員捕縛できたらヒルデガルト殿下の情報も得られるだろう」

別の将校が言う。

「リヒテンゼーからヴァンデルン自治区に通じる街道を怪しい馬車が通過したという情報はない。ヒルデガルト殿下はまだリヒテンゼーを出ていない可能性が高い。もしかしたら、同じ建物の中にいらっしゃるかもしれない」

拳を握り締めた。息を呑んだ。

今だ。今こそ言わなければならない。

「私にも行かせてほしい」

ユディトが言うと、その場にいた男たちが注目した。

緊張で喉が渇《かわ》く。

理性と感情の狭間《はざま》でユディトは揺れ動いていた。

じっとしてはいられない。だが独断専行で動くのもよくない。

折衷案はひとつだ。この場にいる人々にわかってもらった上で動くのだ。それがヘリオトロープ騎士団という組織で生きてきたユディトに導き出せる最適解だ。

「もしヒルダ様がいらっしゃった場合、私がお助けしたい」

ある将校が「いや、ユディト様は」と言い掛けたが、アルヴィンが言った。

「行かせてやってくれ。ヘリオトロープの騎士は軍人並みの訓練を受けている。こいつの剣の腕は俺並みかもしかしたらそれ以上だ。それに――」

彼が、ユディトの顔を見た。

「ヒルダは、ユディトの顔を見たら安心すると思う」

ユディトは心の中に大きな感情が込み上げてくるのを感じた。けれどそれを的確に言い表す言葉が見つからない。喜び、感謝、そして今までに感じたことのない何かが混ざった気持ちだ。

「ふむ。まあ、ヘリオトロープの騎士なら信頼してもいいでしょう。あの女王の親衛隊ですからな、腕は立つに違いあるまい」

ほっと胸を撫で下ろした。

「それにヒルダ様をご安心させる仕事は重要ですぞ。ヒルダ様がご混乱のあまり取り乱すようなことがあってはよろしくない」

エルマも前に進み出た。

「あたしも行かせてください」

大佐が「よろしい」と答えた。

「ディアンドルを着た一般女性だと思えば向こうは油断するであろう」

ユディトもエルマの気持ちを汲《く》むことにした。彼女はヒルダを置き去りにしてきている。ヘリオトロープの騎士として悔しいだろう。手の傷は心配だったがここで挽回《ばんかい》させてやりたい。

「ロタール、お前もユディトとエルマと行け。基本的には二人のフォローをして、どうにもならないと思ったら二人を置いて南方師団に合流して助けを求めろ。お前なら冷静にそういう判断ができるだろうからな」

アルヴィンが言った。ロタールがVサインを作った。

「了解でーす。ま、アルヴィン様は僕がついていなくてもなんとかなるって信じてますからね」

ロタールの言葉にアルヴィンは少しだけ笑った。

「さて。――では、そろそろ行きますか」

将校がそう言った。その場にいた全員が頷いて、それぞれ「はい」「おう」と返事をした。

応接間を出る。隣の食堂に声を掛け、待機していた兵士たちとも合流する。

階段を下りながら、ユディトは緊張がさらに高まっていくのを感じた。

突入が恐ろしいのではない。むしろユディトは体を動かせるのが嬉しかった。乱闘騒ぎは大得意だったし、剣の腕では誰にも負けない自信がある。何より、ヒルダのために剣を振るえるのは騎士であるユディトにとって喜ばしいことだ。

うまくいけばヒルダに会えるかもしれない。自分の頑張り次第ではヒルダと再会できるまでの時間が縮まる。

恐ろしいのは、アルヴィンのことだった。

彼は一人で交渉の場に赴《おもむ》く。兵士たちとは扉一枚隔てることになる。相手は中に何人いてどんな武装をしているかわからない。そんな中に彼は単身で乗り込んでいく。

アルヴィンも腕の立つ男だ。加えて、この二、三日の冷静な態度を考えると、ユディトよりよほどしっかりしていて頼もしい。

それでも危ないところに行かされることには違いない。

無事で帰ってきてほしい。

でも、もしかしたら、次に会う時には——考えたくないのに考えてしまう。どんな状況でも最悪の事態は想定しておかないといけない。

悔いのないようにしたい。

玄関に辿り着いた時、ユディトは前を歩くアルヴィンの軍服の背中をつまんだ。アルヴィンはすぐに気づいて立ち止まり、振り返った。

言わなければならない。今言わないともう二度と会って直接伝えられないかもしれない。

後悔しないように。

すべてを振り切って。

呑み込まず。

一生懸命考えて。

「アルヴィン様」

「なんだ」

ユディトが緊張しているのを見て取ったのか、アルヴィンは苦笑して言った。

「大丈夫だ。まあ、なんとかなる」

彼がそう言うと本当なんとかなる気がしてくる。

なんとかしよう。

でも、その前に、今を全力で生きる。今、すべてを言う。

「あなた様の子供を産みたい」

アルヴィンが目を真ん丸にした。

「私には愛だとか恋だとかがまだよくわからないのだが、私は今、そういう気持ちで、あなた様の無事を願っている。あなた様の血筋を後世に残したいし、そこに加わりたい。そういうわけで、無事に終わったら、子供を作りたい」

その場にいる全員が聞いていたが、ユディトの目にはアルヴィンしか映らなかった。

「家族として。一緒に生きていきたいから。生きて戻ってほしい」

次の時だ。

アルヴィンの腕が伸びた。

ユディトの二の腕をつかんだ。

強い力で引っ張られた。

顔と顔とが近づいた。

唇に、唇が、触れた。

柔らかかった。

ただその一瞬の触れ合いだったけれど——

「絶対孕ませてやるからな」

「……よ、よろしくお頼み申す」

兵士の一人が指笛を吹いた。それを聞いてようやくユディトは周りに人がいるのを思い出した。自分はまたとんちんかんな場でとんちんかんなことを言わなかっただろうか。恥ずかしくなってきて頬が熱くなるのを感じたがいまさら撤回はできない。

ユディトがうつむくと、アルヴィンは体を離して前を向いた。

「めちゃくちゃやる気が出た。行くぞ」

ロタールとエルマがからっとした声で笑った。


青いユリの家は旧市街の中にある。

中世の頃は町全体が円形の城壁に囲まれていたため、旧市街は今でも聖母教会を中心にした丸い形をしている。道路は同心円状になっており、その通りに面して木骨造りの家々が並んでいた。

青いユリの家も例外ではない。幅三メートルほどの弧を描く通りに建てられていて、通り側に正面玄関がある。ただ、周囲も三階建ての住宅で、道路は全体的に日陰になってしまっている。暗く湿気《しけ》た空気が漂っている。観光客は寄りつかないところだ。

アルヴィンは一人で正面玄関の扉の前に立った。南方師団の人間もついて来てはいるが、家の中の人間に気づかれないよう通りの角の陰や隣の家の中に潜んでいる。アルヴィンが合図をするまで出てこない手筈《てはず》になっていた。

時計塔の鐘が鳴った。一回、二回、三回――十回。午前十時だ。

約束の時が来た。

ドアノブをつかみ、回し、押した。

入ってすぐは玄関ホールになっていた。広さは十平米ほどだ。正面奥にドアがある。同じ構造の隣家の間取りから察するにおそらく中庭へ続いているのだろう。右側の壁際に小さなテーブルと椅子が二脚あり、うちひとつに洋装のヴァンデルンの若い男が座っていた。左側の壁には上の階へ続く階段がある。

階段から誰かが下りてきた。

アルヴィンはそちらに目をやった。

絹のシャツを纏った男だった。一切陽《ひ》の光に当たっていないかのように白く滑らかな肌をした、線の細い、美しい青年だ。柔らかそうなバターブロンドの髪は少し伸びて前髪が目にかかっているが、その髪の合間から碧色の瞳が見えた。

「ルパート」

彼――ホーエンバーデン王国第一王子ルパートは、従兄《いとこ》であり義兄であるアルヴィンの姿を、ガラス玉のような瞳で捉えた。感情の起伏《きふく》のなさそうな、冷たい目だった。

「お久しぶりです、兄さん」

彼が階段を完全に下りたところで、壁際の椅子に座っていたヴァンデルンの男が立ち上がり、もう一脚の椅子を抱えて近づいてきた。まだ玄関扉の前に立ったままのアルヴィンの正面、少し距離を取ったところに椅子を置く。ルパートは当たり前のような顔をしてその椅子に座った。

「四カ月くらいぶりか？　変わりなさそうで何よりだ。本当に、表面的には何ひとつ変わっていないように見える」

「兄さんこそ。もっとお疲れなのではないかと思っていましたが、変わりなさそうですね」

ルパートが足を組んだ。

「母上に振り回されて、望まぬ女を宛がわれて、さぞかしつらい思いをなさっておいでだろうと思っていました」

「まあ、そういうことがなかったと言えば嘘になるが」

「母上は昔からそうでしたね。息子たちを人間だと思っていないんです。なんでも自分の言うとおりにできると思っている。自分が与えたものを拒否する可能性は微塵も頭にないんですよ」

「訂正だ。お前は少し明るくなった。口数が増えたな。宮殿にいた時のお前はこんなによく喋るやつじゃなかった」

「ありがとうございます」

右手を開いて見せる。

「解放感ですよ。母上の作った牢獄から抜け出せた。僕は今自由なんです」

アルヴィンは少し間を置いてから問い掛けた。

「目的は何だ」

ルパートはアルヴィンをしっかり見つめていた。失踪する以前には考えられなかった力強さだ。

「そのまま自由を追い求めてどこか遠くに行けばよかったものを。陛下はお前を追い掛けなかった。陛下が何をお考えでそうなさったのか想像できなかったか」

「自分の言うことを聞かなくなった僕がいらなくなったからでしょう」

「……まあいい、俺も別に陛下の味方じゃない。そう思われるような振る舞いをしてきたあのひとが悪いんだろう」

「わかってくださるんですね」

「何とだ」

不穏な流れに顔をしかめる。

「母上の味方でないのなら僕の味方をしてくださいませんか」

「お前の？　具体的に何をしたいんだ？」

「この地方の統一ですよ。新しい帝国を創るんです」

アルヴィンは黙った。

「すべての民が新しい皇帝の下で信仰の自由をもって暮らすんです。新教も旧教も異教も等しく認められる帝国です。そして巨大で強大な軍事力。大陸の覇者《はしゃ》を目指せる帝国を」

ルパートは一人で語り続けた。

「偉大で崇高な理想です。しかし母上は絶対にお認めにならないでしょう。ご自分の利権が大切だからです。オストキュステを武力で下し、ニーダーヴェルダーを経済力で制圧している、ご自身で作り上げたそういうホーエンバーデンに強いこだわりがあります。ご自分の王位を、王権を、手放したくないんです。醜いと思いませんか」

大袈裟に身振り手振りを加える。

「帝国が出来上がったらヴァンデルンも自由になります。狭い自治区に閉じ込められて今の彼らは哀れだ。僕は彼らにも自由になってほしい。だから手を取り合って戦うことにしました。ともに暗愚の王と戦うんです」

「お前本当によく喋るようになったな」

「兄さんだって母上についていくのはもうごめんでしょう？　母上、というより、ホーエンバーデン王家に、ですか」

そこで、ルパートは唇の端を吊《つ》り上げた。

「いつもおっしゃっていたではありませんか。王家はヴァンデルンを差別している。王に——僕らの祖父にまっとうな倫理観があったらずっと宮殿にいられたのに。何も我慢しなくてよかったし、何も捨てずに済んだ。瞳の色さえ王家の碧だったら。髪の色さえ王家のブロンドだったら。そうおっしゃっていたではありませんか」

「……まあ、言った記憶はなくもない」

「紫の瞳に生まれたばかりに兄さんはずっと苦労を強いられてきた。でも悪いのは瞳の色じゃない、瞳の色で権利を制限してきたホーエンバーデン側なんです。ホーエンバーデンを倒してヴァンデルンを解き放てば兄さんも自由になれる」

「なるほど」

ルパートは穏やかに微笑んでいる。

「うまくいけば、悪い話じゃないんだろうな」

「そう思ってくださいますか」

「うまくいけば、な」

アルヴィンは自分の首の後ろを掻いた。

「でもその帝国が出来た時、皇帝はオストキュステ王がやるんだろう」

そう言うと、ルパートは笑みを消した。

「バカだなお前。利用されているぞ」

「偉大なお方です。僕を拾って、救ってくださった」

「洗脳されているみたいだな、可哀想に」

ルパートの胸の辺りを指差す。

「正義のオストキュステと悪のホーエンバーデンの二項対立で世界を単純化しやがって。まあわからなくもない、勧善懲悪《かんぜんちょうあく》は気持ちがいいだろう、悪い魔女を倒して世界が平和になると思っているなら今の状況は痛快で爽快だろうな」

「僕はそんな幼稚な人間ではありません。理想があるだけです」

「その理想のために今まで何人殺した？　これから何人殺す？　武力による革命は本当に正義か？

お前、自分が悪いと思ったことは一度もないのか」

「仕方がないではありませんか、最大多数の幸福のためにはいくらかの犠牲は必要です」

「そのいくらかの犠牲の中にひっそり暮らしている多数のヴァンデルンとヴァンデルンのことを何も知らない大勢のホーエンバーデン市民がたっぷり含まれている」

「何も言わない、何も知ろうとしないことは罪ですよ」

「その言葉そっくりそのままお前に返すぞ」

大股で近づいた。

危険を感じたらしくルパートは立ち上がった。

壁際の椅子に座っていたヴァンデルンの男が立ち上がり、腰の剣を抜こうとした。

アルヴィンは止まらなかった。

腕を伸ばした。

ルパートの胸倉をつかんだ。

軽く揺すった。

「壮大な親子喧嘩にどれだけの人が巻き込まれて傷ついてるのか想像しろ」

「親子喧嘩だなんて――僕は母上に思い知らせてやりたくて――」

「本音が出たな」

強く引き寄せた。

「ようは自分の母親が憎いんだ」

ルパートが顔を引きつらせる。

「兄さんだって、嫌いでしょう？　だからホーエンバーデンを滅ぼしましょう」

右の拳を振りかぶった。

ルパートもヴァンデルンの男も対応が遅れた。

ルパートの頬にアルヴィンの拳がめり込んだ。

華奢なルパートの体が吹っ飛んだ。

「嫌いな人間一人葬るために国一個滅ぼしたいと思うわけがないだろ……！」

腰のサーベルを抜いた。剣を抜いて向かってきた男を斬った。男の腹が裂ける。傷が浅かったようで致命傷にはならなかったようだが、男はその場にうずくまった。男の剣を蹴り飛ばして遠くに転がす。

階段の上から物々しい音が聞こえてきた。複数の人間が走ってくる音だ。

アルヴィンはルパートの顔のすぐ傍、床にサーベルの先を突き立てた。ルパートが目を丸くして硬直した。

剣を抜いたヴァンデルンの男たちが下りてこようとした。しかし狭い階段では一度に何人もの人間が下りることはできない。

ルパートを抱え起こし、後ろから羽交い締めにして、最終的に右腕で首を絞めた。

左手でポケットから警笛《けいてき》を取り出した。

吹くと甲高い音が辺りに響き渡った。

「突入!!」

玄関の扉が蹴り破られた。私服姿の南方師団の兵士たちが銃を構えて突撃してきた。

アルヴィンはルパートを抱えたまま右の壁に背をつけた。

銃声が響く。玄関から左手の階段に向かって銃弾が飛ぶ。

「どうして……っ」

うめくルパートに、アルヴィンは言った。

「お前の言うとおりだ」

苦笑して、頷く。

「俺は二十五年間ずっと王家を恨んでいた。俺が不幸なのは王家のせいだと思っていた」

「ではなぜ王家の味方をするんです?」

「王家の味方じゃない、お前の敵だ」

「意味がわからない」

「可哀想な俺を愛してくれる人間が現れたから、俺はもう自分が不幸だと思うのをやめた。どうすれば心底幸せになれるのか真面目に考えた。結論として、そいつの生きるこの国を守るために全力を尽くすことを誓った」

ルパートは目を丸くした。

「王家は人間だからいくらでも変わる。いや、変えられる。でも国がなくなったらそうはいかないんだ」

兵士たちが階段にいた男たちを階下に叩きつけた。

南方師団の幹部たちも家の中に押し入ってくる。ルパートの顔を見て一瞬驚いた様子を見せたが、生粋《きっすい》の軍人である彼らはすぐに冷静さを取り戻した。

「なあ、ルパート」

ルパートの表情が歪んだ。

「お前もずっと寂しかったんだな」

それ以上、ルパートもアルヴィンも何も言わなかった。


ユディト、エルマ、ロタール、そして四人の兵士たちは青いユリの家の裏にいた。

エルマが勝手口の戸をノックする。

「すみませーん！」

返事はない。それもそのはず、相手はこの家の本来の所有主ではないのだ。不法占拠した人間が普通に来客応対するわけがない。

次に、エルマは戸に耳をつけた。

「物音はする。人がいる気配はするね」

ちらりとユディトのほうを見る。

「どうする？」

ユディトは即答した。

「ぶち破る」

「了解！」

エルマが親指を立てて笑った。

「ちょっと退《ど》いて」

兵士たちにジェスチャーで下がるよう指示した。

兵士たちが困惑した表情を浮かべた。ロタールも戸惑った顔をした。

「そういう荒事は僕らがやりましょうか」

ユディトもエルマも聞かなかった。三歩下がり、息を合わせ、「せーのっ」で駆け出した。

二人並んで戸板に勢いよく肩をぶつける。

金具が外れる音がした。

戸が内側に向かって倒れた。

入ってすぐのスペースは、元はおそらく何らかの作業場だったのだろう、床のない、地面の土が剝き出しの部屋だった。

部屋の奥にヴァンデルンの男が二人立っていた。二人とも剣を構えている。どうやら戸の外に人がいることはわかっていたらしい。

「お前ら、何者だ」

ユディトは間髪《かんはつ》を容《い》れずに答えた。

「ヘリオトロープ騎士団の者だ」

「女王の親衛隊だ！」

片方が叫んだ。

「敵だ！　殺せ！」

二人が向かってくる。

ユディトとエルマも腰のレイピアを抜いた。

刃と刃が重なる。金属音が響く。

素人の剣技など大したものではない。

アルヴィンはもっとずっと強かった。

払い除《の》けた。相手がバランスを崩した。

踏み込んだ。顔面、右の眼球に向かって切っ先を突き立てた。

「雑魚《ざこ》が」

男の骸《むくろ》を投げ捨てた。壁に叩きつける。床に崩れ落ちる。

同時にエルマも相手を串刺しにしていた。彼女のレイピアが男の胸から背中に突き抜けている。

彼女は可愛らしく「よいせ」と掛け声を上げながら男の腹を踏むように蹴ってレイピアを抜いた。

奥の戸が開いた。また新たに二人のヴァンデルンの男が出てきた。

二人が何かを叫んだ。ヴァンデルンの言葉のようで意味はわからない。だが言葉が通じなくても伝わってくるものはある。

害意、敵意、そして殺意だ。

ユディトはレイピアを構えた。

一歩を大きく踏み込んだ。

最初に出てきた男の喉を突き破った。

「よくもヒルダ様を」

二人目の男の胸を裂く。宙に赤い血の花が咲く。

「よくも私の仲間たちを！」

奥の戸を抜けるとそこは中庭だった。庭園というより何かの作業場のようで、植物も置き物もない。もしかしたらかつては家畜をつないでいたのかもしれない。

向かって右側に階段がある。そこを焦った顔をした男たちが駆け下りてくる。

彼らは銃を携えていた。

ユディトは顔をしかめた。

銃には確かに上半身がドラゴンで下半身が魚の怪物が彫り込まれていた。

ホーエンバーデン王国を脅かす者は許さない。

男たちが銃を構えようとした。

だが銃は正しく扱わなければ暴発する危険性がある。弾の装塡《そうてん》にも時間がかかる。短時間に何発も撃てるものではない。

男が引き金を引くよりユディトの剣の切っ先が男の体に届くほうが速い。

剣を横に薙ぐと、男の腕が肘の辺りで斬れて飛んだ。赤い液体が噴き上がった。

慌てた別の男が発砲したが、相手はまだ銃の扱いに慣れていないと見える。弾はあらぬ方向に飛んでいってユディトにかすりもしなかった。

切っ先で胸を突いた。

階段の上から声がした。

「ユディト！」

聞き慣れた声だった。何よりも愛しく尊い声だった。美しい天上の調べだった。

「ヒルダ様！」

返事が返ってきた。

「わたくしは上です、ここにいま――」

言葉が途中で切れた。

ヒルダの身に危険が迫っている。

ユディトは階段を駆け上がった。

二階に上がると廊下が前後に延びていた。戸の数から察するに、前方、おそらく玄関ホールの上に当たる部分に一部屋、後方、先ほどの裏口の作業場の上に当たる部分に二部屋ある。

後方にある部屋のうち、向かって左のほうから激しい物音がした。

そちらの戸を開けた。

五平米あるかどうかという狭い部屋に、四人もの人間が詰めていた。

二人のヴァンデルンの男が、それぞれに人を抱えている。

一人はヒルダだ。普段はふわふわとして柔らかい髪が乱れて毛先がもつれている。肌が荒れて頬が赤い。

もう一人はクリスだ。彼女はこのような非常事態にもかかわらず目を閉じていた。ぴくりとも動かない。顔が蒼白く生気がない。

男の左手がヒルダの口をふさいでいる。

ヒルダの唇に触れている。

万死に値する。

「動くなよ」

男が震える声で言う。

男は左腕でヒルダを抱えたまま、右手に持った短剣の切っ先をヒルダの喉に突きつけていた。

「動いたらこのガキを殺すからな」

ヒルダを人質に取られている。

ユディトはその場で立ち止まった。

目で距離を測る。ユディトの一歩分よりも遠い。助走もつけられない状況で跳べるとは思えない。

どうすればヒルダを傷つけずに済むか。最短距離で、最短時間で、最適解はどれか。どうするのが正解か。

後ろから声が響いた。

「ユディト、伏せて！」

エルマの声だ。

すぐさま身を低くした。屈《かが》み込み、頭を下げた。

銃声が響いた。

弾丸がユディトの頭上を通ってヒルダを抱えている男の額に当たった。男が倒れた。

振り向くと、ロタールが銃を構えていた。

ロタールの後ろから別の兵士が顔を出した。流れるような動きでその場で膝をつき、正しい姿勢で銃を構えた。

あっという間だった。

銃弾がまたもやユディトの頭上を通り過ぎてクリスを抱えている男の眉間に当たった。

ヒルダとクリスが解放された。

「ユディト」

ヒルダが両手を伸ばしてきた。

ユディトは急いで駆け寄った。剣を投げ捨てて同じように両手を伸ばした。

腕の中に飛び込んでくる。胸で受け止める。

ヒルダが突然膝を折った。崩れ落ちそうになってしまった。安心して力が抜けたのだろうか。ヒルダの背中を支えて後ろに倒れてしまわないよう気をつけつつ、ユディトもその場に膝をついた。

大きな泣き声が上がった。

「ユディト！　ユディト、ユディト」

「ヒルダ様……！」

ユディトの背中をつかむヒルダの手が震えている。

「あ、会いたか――怖かっ、怖かったです。会いたかったです……っ」

「申し訳ございません、たいへん遅くなりました。申し訳ございませんでした」

「ユディト、ああ、ユディト……わたくしのユディト……！」

強く、強く、抱き締める。小さな頭に手を回して、押さえ込むように包み込む。

柔らかい。温かい。

生きている。

「絶対、絶対来てくれるって、思っていましたの」

しゃくりあげつつ、合間合間に吐き出すように言う。

「ユディトが来てくれるって。ユディトが助けに来てくれるって……！」

ユディトの肩に顔をこすりつける。その動作でさえ愛しくて、ユディトも泣きそうになった。

自分がヒルダの希望になれたのだと思うと嬉しくて、幸せで、生きていてよかったと思えるほどで――

「ありがとうございます」

その言葉しか出てこなかった。

「ありがとうございます……」

そんなユディトの頭を、エルマが後ろから押さえた。

「ちょいとごめんよ」

邪魔をされた気分になって、少しむっとしながら「なんだ」と応じた。

エルマはそんなユディトに構わず前に進んでいった。

ユディトは蒼ざめた。

床にクリスが転がっている。

「クリスを回収してやらなきゃあ」

この騒ぎの中でも彼女は一回も目覚めなかった。普段は誰よりも気丈で冷静で職務に忠実な彼女が、と思うと胸の奥が冷えた。

「よっこらせ」

エルマがクリスを抱え起こした。

「お疲れ様。もう大丈夫だよ。向こうでゆっくり休んでね」

間に合わなかったか。

そう思ったが――

「……まるで私が死んだかのような言い方をしないでください……」

ゆっくりまぶたが持ち上がり、アイスブルーの瞳が覗いた。

ほっと胸を撫で下ろした。

エルマがすっとんきょうな声を上げた。

「なーんだ、まだ生きてたの！」

「不服ですか……」

クリスが今にも消え入りそうなかすれ声で呟く。

「エルマ、あなたに、言わなければならないことが……」

「何さ」

「ヘリオトロープの騎士は、死んではいけませんよ」

胸の奥がぎゅっとつかまれた。

「絶対に。絶対に、生きて、ヒルダ様を安心させなければならないので。生きることが、第一の職務ですよ。ヒルダ様の許しなしに、命を振り絞ってはいけません」

エルマがクリスを抱き締めて笑った。

「ごめんごめん」

突如銃声が響いた。一発や二発ではなかった。音の発信源は一階の中庭の向こう側、玄関ホールの辺りだ。

「向こうも盛り上がっているようですね」

言いつつ、ロタールも部屋に入ってくる。

「南方師団の兵士たちが踏み込んだんでしょう。もうすぐ片がつきますよ」

ヒルダが体を起こした。

「そうだ、アルヴィン兄様が――!」

兵士たちも入ってきた。彼らはまっすぐクリスのほうに向かった。

「師団の軍医を呼んでありますので」

そう言いながら二人がかりでクリスの体を抱え上げた。

銃を携えたままロタールが言う。

「僕はアルヴィン様の様子を見に行きます。皆さんはどうします？」

即答したのはヒルダだ。

「行きます！」

ユディトは胸を撫で下ろした。自分もアルヴィンの様子を見に行きたかったが、最優先にすべきは弱っている主君の手当てだ。その主君本人が行くと言ってくれたことに助けられた。彼女を守るというていで一緒にアルヴィンのもとへ駆けつけられる。

「では、みんなで参りましょうか」

ロタールが部屋を出た。ユディトとヒルダはその後に続いた。


中庭をまわって、玄関ホールに通じる戸を開けた。

まず目に入ってきたのは、床に広がる血の跡だった。しかし出血している人間はホールの中にはいなかった。すでに片づけた後なのだ。

南方師団の兵士たちが、捕縛したヴァンデルンの男たちを引きずって家の外に出ようとしている。彼らはもはや抵抗する気はないようで、おとなしく連れ出されていた。

その少し手前、部屋の真ん中辺りの壁際に、アルヴィンがいた。怪我をしている様子はなかった。

先ほど別れた時のままだ。ユディトは心底安心して息を吐いた。

だが——アルヴィンの足元に座り込んでいる人物の顔を見た時、頭が真っ白になった。

王家の一員らしい、光り輝くブロンドの髪に碧の瞳の、人形のように美しい青年だった。ルパートだ。

胸から腕にかけて縄で縛られ、上半身を動かせない状態で、ルパートが座り込んでいる。

一拍間を置いてから、いろんな感情が噴き上げてきた。

まずは怒りだ。

兄でありながら実の妹を危険な目に遭わせたことに対する怒り、ユディトの同僚であるヘリオトロープ騎士団の人間を二人も殺したことに対する怒り、王族でありながら仮想敵国からの武器の密輸入を認めたことに対する怒り、少数民族を煽って対立させたことに対する怒り——いろんな怒りが込み上げてきた。

次に湧き起こってきたのは悲しみだ。

いったい何が彼を思い詰めさせたのか。

黙っていれば王冠は彼のものになるはずだった。王になればできないことはない。それこそ、ヴァンデルンを独立させようが滅亡させようが彼の思いどおりだ。なのに自分の国を動乱に陥れたかったのか。

彼が思い詰めていることに誰も気がつかなかったのか。

ヒルダの細い指がユディトの腕をつかんだ。その指の力を感じることで、ユディトは我に返った。

落ち着いているかのように振る舞わなければならない。そうすればきっとヒルダを安心させられる。ヒルダのことを思うなら、自分は何も言わずにおくべきだ。細く、長く、息を吐いた。

南方師団の幹部である大佐が玄関扉から入ってきた。

その次に入ってきた人物を見て、ユディトは目を丸くした。

深い臙脂色《えんじいろ》の、足首まで覆う丈の乗馬スカートをはいた女性だった。今まさに馬から下りてきたばかりなのか手には乗馬用の鞭《むち》を携えている。長いバターブロンドの髪は後頭部でひとつの団子状にまとめていた。

「母上」

彼女――女王ヘルミーネは、無言でルパートに歩み寄った。

ルパートは逃れようとしたのか尻で少しだけ後ずさったが、上半身を拘束されている上アルヴィンに服の襟をつかまれているので大して動けなかった。

女王が鞭を振り上げた。

ひゅ、という空気を切り裂く音の後、破裂するような乾いた音が鳴った。鞭の先がルパートの頬を叩いたのだ。

ルパートの頬にうっすら血が滲んだ。

四カ月前だったら、目の前でこの愛息子《まなむすこ》が鞭打たれたとなれば、女王はその者を地下牢に送り込んだことだろう。

だが今は他ならぬ彼女自身が息子を打った。

ルパートの碧の瞳に感情が映った。焦燥、不安、動揺、困惑——心が乱れた。

「なぜ母上がここに？　ニーダーヴェルダーにいたはずです」

女王は低く抑えた声で答えた。

「私が馬に乗れないとでも思いましたか？　ニーダーヴェルダーの都からホーエンバーデンの都まで二日、ホーエンバーデンの都からリヒテンゼーまで二日です。時間は充分にありました」

自ら馬を駆って戻ってきたのだ。かつては軍を率いて戦っていた勇ましい女王の姿であった。

ルパートが唸るように言う。

「ホーエンバーデンに戻ってきたらヒルダを殺すと言ってあったはずです。それでも帰ってこられたんですね」

女王は冷静な声で答えた。

「娘一人の命とホーエンバーデン王国を引き換えにできません」

ヒルダの指が、ユディトの腕に食い込む。

ルパートは声を上げて笑った。

「それが母上の本性なんですね。我が子でさえ政治のためなら殺す。母上は本当はそういう人間なんです」

その表情が憎悪で歪んだ。

「自分の子供を人間だと思っていないからできることです。あなたは本当は誰も愛してなどいない。自分にとって都合のいい子を育てたかったんです」

女王は長い睫毛を伏せた。

「そうかもしれません」

「認めるんですね？」

「それが王族ですから」

ルパートが黙った。

「多くの無辜《むこ》の民のために私情を捨てられる者。それが王たる者の条件です。子供たちにも自分をただの人間だと思ってもらっては困ります。自分たちは常に人目に晒されており、自らの振る舞いが国の運営に適うものかを試され続けている――それを意識してもらわねばなりません。それが人間扱いではないと言うのならばそうでしょう」

彼女はなおも冷静に、淡々と言葉を紡いだ。

「私が子供を産み続けたのは王家のため、ひいてはホーエンバーデン王国のためです。王家が絶えれば必ず跡目を巡る争いになります。その争いを避けるため、他者から見てわかりやすい王位継承者を作る必要がありました。国にとって都合のいい子供を作る必要がありました」

ルパートが頬を引きつらせる。

「あなたは国にとって都合の悪い王子です。私は女王としてあなたを処分せねばなりません」

そこで、南方師団の幹部のほうを向いた。

「連れていきなさい。南方師団の駐屯地の捕虜収容所に入れておいて、後日王都に送りなさい」

幹部のほうが戸惑った様子で言う。

「しかし、ルパート王子ですぞ」

女王は冷たい声で答えた。

「だからなんだというのですか」

「陛下はルパート王子をあんなに大事になさっておいでで――」

「反逆者です。国家反逆罪です」

背筋にぞわりと鳥肌が立つのを感じた。

断頭台送りだ。女王はルパートをギロチンで処刑する気なのだ。

だが誰にも口を挟めない。

ルパートは女王を廃して国を滅亡させようとした。オストキュステにホーエンバーデンを売り渡そうとしたのだ。オストキュステ製の銃という物的証拠まである。

女王が私情に流されて息子を許せば、次の反逆者を生む。王としては間違っていない。

しかし、あまりにも、むごい。

ユディトは、産んだ子供を王にしたいとは思えなかった。

南方師団の幹部が兵士たちのほうを向いた。

「お連れしろ」

兵士たちがルパートのほうに向かっていき、ルパートを強引に引っ張り上げて立たせた。アルヴィンがルパートから手を離すと、先ほどヴァンデルンの男たちにしたように、玄関扉のほうへ引きずっていった。

ルパートは抵抗しなかった。

しばらくの間、誰も何も言わなかった。ただ、ホールの中心に立つ女王を見つめていた。

女王はアルヴィンの足元を見ていた。先ほどまでルパートが座り込んでいたところだ。

彼女に掛ける言葉が見つからない。

ややして、女王が顔を上げ、こちらを向いた。正確には、ユディトの後ろにいるヒルダを、だ。

「ヒルダ」

そう呼ぶ声は優しく、慈悲深い母親のものだった。

「こちらにおいでなさい」

ヒルダはユディトの腕から手を離した。一歩前に出た。しかしそれ以上は動かなかった。ユディトのすぐ傍に立ったまま、無言で母親を見つめていた。

女王のほうが近づいてきた。両腕を伸ばした。

強く、強く、娘を抱き締める。

「生きていてくれてよかった」

その声が震えた。

ヒルダの碧の瞳から、ぼろぼろと大粒の涙がこぼれ始めた。

「でも、お母様は、お兄様が私を殺しても、仕方がなかったとお思いになるのでしょう」

「そうですよ」

「国のために死ぬのだから、仕方がなかったとお思いになるのでしょう?」

「そうですとも」

声だけではない。ヒルダの後頭部を撫でる手も、震えている。

「母を恨みなさい。お前の母は、まともな母親ではありませんよ」

「はい」

ヒルダは母の耳にこめかみを押し付けるようにして擦り寄った。

「娘のヒルダは、母であるヘルミーネ様をお恨みしますが。第三王女ヒルデガルトは、女王であるヘルミーネ陛下が大好きです」

ヘルミーネの頬にも涙が幾筋も流れた。

母と娘は、しばらくそのまま抱き合っていた。

「……まあ、とりあえず、ヒルダを保護できて、第一部完、といったところか」

気がつくと、アルヴィンがユディトのすぐ傍に立っていた。

「片づけないといけないことはまだまだあるが、一回休憩できそうだな」

ユディトの斜め前に立っていたロタールが「そうですね」と応じた。

「お茶でも飲みます?」

「シュピーゲル城に帰りたい」

「まあ、だめではないと思いますけど。何かあるんですか?」

アルヴィンが肩に腕を回してきた。

ユディトは蒼ざめた。

「早急に子作りがしたくてな」

まさかこのタイミングで言われるとは思っていなかった。急に自分の言動が恥ずかしくなってきた。あの時は興奮していてなんでもできる気になってしまっていたのだ。勢いに任せてとんでもないことを言ってしまった。そんなにすぐ子供ができるようなことをするはめになるとは思ってもみなかった。

彼の顔を見上げた。

彼は薄ら笑いを浮かべてユディトを見下ろしていた。

「産んでくれるんだよな?」

「……えっ、あ、あれは――」

「俺はお前に種付けすることだけを考えてここまで頑張ったんだから、ご褒美《ほうび》を貰ってもいいはずだ」

「それは、その――あの時は、言葉のあやというか――なんというか――」

「記念すべき第一子はリヒテンゼー製にしような」

「あ、あの、アルヴィン様、あの――」

そこで、だった。

「だめですっ!」

力いっぱい言ったのはヒルダだ。

彼女のほうを向くと、母から身を離して、いつになく怖い顔でアルヴィンを睨んでいた。

「婚前交渉なんていけません！　そんなのわたくしが許しません！」

「何をいまさら」

「他の誰が許してもわたくしはだめですからね！　そもそもユディトはわたくしのものなのです、わたくしが兄様に譲ってさしあげるのですから、わたくしがいいと言うまでは触らないでくださ
い！」

女王も何事もなかったかのような顔で言った。

「今のユディトの反応から鑑みるにまだ心身の準備が整っていないものと思われます。ここで強引に進めるのは紳士のすることではありませんよ」

エルマが手のひらを返した。

「ヒルダ様がだめって言うんじゃあたしもだめかなー」

ロタールもあっさりとアルヴィンを見捨てた。

「無理無理、この状況じゃ僕が味方したくらいじゃ無理ですよ」

アルヴィンが「くっそ！」と吐き捨てた。

「絶対絶対絶対結婚したらすぐ孕ませてやるからな！」

第六章　ありのままの自分を愛してくれる人と永遠を誓う

華奢な肢体に薄絹を纏った少女が、清潔なシーツに覆われた柔らかい布団に、沈むように横たわっている。

ユディトはその隣に滑り込み、彼女の傍近くに身を寄せた。

足元にたたんで置かれていた掛け布団を広げ、少女の——ヒルダの肩まで引っ張り上げる。自らの体も一緒になって、二人で一枚の掛け布団に包《くる》まる形を取った。

腕を伸ばし、ヒルダの肩を、撫でるように優しく叩く。

ヒルダが微笑む。

「ユディト」

彼女が擦り寄ってきた。ユディトの首元、胸の上辺りに頰を当てた。

「傍にいてくださいね。ずっと」

ユディトは「はい」と即答した。そうは言ってもただの添い寝で、幼子を寝かしつけるのと同じであり、ヒルダが眠りに落ちたら騎士団の寄宿舎の元使っていた部屋に戻っていいことになっているのだが、そうと言わない約束だった。

ルパートに拉致された事件以降、ヒルダはしばらくの間激しい情緒不安定に陥ってしまっていた。ユディトに添い寝をねだる、一日に何度も入浴する、小さな物音にも過剰に反応して怯《おび》えるなど、痛ましい姿を見せることが多かった。五体満足の無傷で保護されたが、心には深い傷を負ったようだ。

それでも、彼女は口に出して直接つらいとは言わなかった。できる限り明るく気丈に振る舞おうとしていた。特に妹たちの前では以前と何ら変わりない姉であろうとしていた。それがまた痛々しくて、ユディトは見ているだけで泣きそうになるのだ。

彼女を急《せ》かしたり責めたりする人間は一人もいない。宮殿にいるすべての人間が彼女を見守っている。ここは彼女にとって安心できる世界だ。

ユディトも根気強く付き合った。彼女が少しでも早く楽になれるよう全力を尽くした。罪滅ぼしでもあった。自分があの時リヒテンゼーでのうのうと過ごしていなければこんなことにはならなかったかもしれない。悔やんでも悔やみきれない。

少しずつ快方に向かってはいる。食事も以前と同じくらいの量を食べられるようになったし、外出することも増えた。それが救いで、希望でもあった。ヒルダは強い子だ。

「今夜は少しおしゃべりをしましょう」

ヒルダがそう言うので、ユディトは「はい」と頷いた。彼女の口数が増えたのもいいことだ。

「あのね、ユディト。驚かずに聞いてほしいのですけれど」

「はい、なんなりと」

「わたくし、女王になりたい、と思っています」

ユディトは目を丸くした。

「なぜさようなこと、急に」

「急ではありません。ルパート兄様にお会いしてから、ずっと考えていました」

「ルパート様が何かおっしゃられたのか」

「はい。ルパート兄様は、わたくしをお飾りの女王にして、オストキュステの王子様と政略結婚をさせて、そのお婿さんになる王子様に家を乗っ取らせたいのですって」

そんな無茶を言っていたとは思わなかった。怒りが込み上げてくる。それをヒルダが今日まで黙って抱え込んでいた、というのもつらかった。

だが、今は黙って聞くことにした。ヒルダにすべて吐き出させるのを優先させたい。

「その話を、お母様にもしました。そうしたら、お母様、まったく見当違いのことでもないですね、とおっしゃいました。つまり、わたくしを跡継ぎにすることをお考えになる、とのことです」

胸が締め付けられる。

そうなったら、我が子を普通に愛することも許されない、それでも誰かは王位を継ぐものと思って何人もの子供を産む人生が待っている。

「わたくしね」

ヒルダの声は穏やかだった。

「今回、宮殿の外には怖いものがたくさんあることを知りました。ずっと宮殿でお母様に大事にされていたから知らなかった怖いことがたくさんある」

わずかに微笑んでもいた。

「妹たちや、他のホーエンバーデン市民が、同じ思いをするのは嫌だ、と思いました。皆を守りたいです。では具体的に何ができるのかと考えたら、わたくしが女王として上に立ち、すべての市民の母となって良い政治をするべきだ、と思ったのですね」

ユディトは耐え切れなくなって言ってしまった。

「それは、女王陛下のように生きられる、ということですか。母上様の――ヘルミーネ様のように」

「心配してくださるのですか」

ヒルダは声を漏らして笑った。

「今回、お母様がどんな失敗をしてどんな困難を抱えているのか見えたので、わたくしはもっとうまくやりますよ」

たくさんのものと引き換えに、彼女は成長したのだ。

「そして――オストキュステの王子様と結婚してもいいと思います」

微笑んだまま、長い睫毛を伏せる。

「それが国の平和につながるのなら。戦争を回避できるのなら」

「ヒルダ様……」

「もちろん、国を乗っ取らせはしませんけれどね。あくまでこの国の統治者はわたくしですのよ、オストキュステに好き勝手はさせませんわ。だからこそ、迎え撃つつもりでお婿さんとして迎え入れてもいい気がするのです」

腕を回して、彼女を強く抱き締めた。それが王族のさだめなのだと思うとつらかった。彼女には気に入った男と誰からも祝福された結婚をしてほしかった。

「不幸であるとは限りませんよ」

ヒルダは言う。

「もしかしたら、とてもいい人かもしれません。びっくりするような美男かもしれませんよ。あのやり手のオストキュステ王のご子息ですから、頭のいい方のような気がします。何も悪いことだけではないのです」

抱き締めたまま、ヒルダの頭を撫でる。ヒルダが声を漏らして笑う。

「ただ、ひとつ、心配なことがあって」

「何がですか」

「ユディトとアルヴィン兄様の子のことです」

言われてから気がついた。

「もともとはお母様がアルヴィン兄様の子を王位継承者とするために子作りをせよとおっしゃったのに、わたくしが女王になってしまったら、わたくしの子の王位継承権の順位が高くなってしまいます。それは、ユディトにとってはがっかりではありません？」

ユディトは言葉に悩んだ。女王の振る舞いを見ていて我が子を王にしたくないと思ってしまったことを思い出したからだ。しかしそれは女王になろうとしているヒルダの気持ちを挫《くじ》くことになりそうな気もする。口下手なユディトにはうまい言葉が浮かばない。

「まあ、どうなるかは、わかりませんけれど」

ユディトの首に額をこすりつけつつ、ヒルダが囁くように言う。

「お母様も、すぐには行動に移さない、とおっしゃっていましたし。何せ、今動いたら、ルパート兄様の要求を呑んだことになるではありませんか。兄様の反逆に膝を屈したと思われるのが一番いけないことです」

ルパートのことを思い出す。

彼は一度南方師団の駐屯地の収容所に入れられた。そしてのちのち罪人として王都に移送する手筈になっていた。

ところが、ある日、収容所から忽然と姿を消した。

南方師団にも裏切り者がいて、ルパートの脱走に手を貸した、ということだ。

当然南方師団は威信をかけて内通者をあぶり出そうとしているが、今のところうまくいっていない。

女王はルパートが関与していたことを公表しなかった。

建前上は、王族が国家の転覆を企《たくら》んでいたということが知られたら国際社会がどう見るかわからないから、ということになっているが、本心はわからない。

オストキュステ製の銃も南方師団の駐屯地の奥深くに封印した。何かあった時の切り札に、とは言っていたが、現状ではとりあえずオストキュステと正面衝突することを避けたいのだろう。

女王の判断は正しいと思う。この動乱は国内で収めなければならなかった。

ヴァンデルンの一部は処罰されたが、直接の実行犯であるヴァンデルン解放戦線を名乗った者たちを処刑しただけで、彼らの部族に累が及ぶことはなかった。

ヴァンデルンの大半はおとなしく自治区に引っ込んだ。

自治区についても、女王は待遇の改善を検討している。彼らがもっと自由に出入りできる法を考えたり、彼らの文化をホーエンバーデン市民に広めて相互理解を深める策を話し合ったりなどしている。

この辺りの交渉はあの時南方師団の駐屯地にやってきた三人が先頭に立って応じてくれているようだ。彼らは陰に日向に手を貸してくれる。解放戦線を完全に沈黙させたのも彼らだ。

今回の件で一番の深手を負ったのは、本当は、女王なのかもしれない。

だが彼女は、それでも前を向いて、状況の改善に努めている。

ヒルダもそういう女王になるのだろうか。

でも今はまだ十四歳の女の子で、深く傷ついている。

「ユディトは、ヒルダ様のなさることを、全面的に応援します」

ヒルダの耳元で囁いた。ヒルダが少し笑いながら「ありがとうございます」と答えた。

夜が、更けていく。

ヒルダの部屋を出るとすぐ、廊下の壁にもたれて立っていたアルヴィンと目が合った。

「寝たか?」

彼の問い掛けに頷いた。

「ああ。安らかにお休みになられた。今夜の仕事は終わりだ」

「そうか」

暗い廊下を二人で歩き出す。といっても、世界が闇に閉ざされているわけではない。壁の所々でランプの蠟燭の火が燃え、窓からは明るい月明かりが差し入っていた。優しい、柔らかな夜だった。

ヒルダを寝かしつけている間、アルヴィンはいつも部屋の前でユディトが出てくるのを待っている。

ヒルダの護衛をする意図もある、と言う。ヒルダに何かあった時にすぐ対応できるようにしている、とも。

だが一番の本音はきっと、これである。

「ヒルダばかりずるいぞ。俺だってお前に添い寝されたい」

ユディトは顔が赤くなるのを感じた。

彼はユディトと二人きりの時間を持ちたいのだ。

しかし日中は彼も軍の仕事をしていて、夕方からはヒルダがユディトにべったりで離れない。ヒルダの寝室からヘリオトロープ騎士団の寄宿舎までのほんのわずかな道のりが、一日で唯一、二人きりになれる時間だ。

ユディトも、彼と二人きりになれるのは、嬉しいか嬉しくないかで言えば、嬉しい。話したいことはたくさんある。だが自分は口下手でうまく話せない。彼に想いを伝えるための時間がもっと必要だと感じていた。

とはいえ、こうまでして時間を作りたいかというと疑問だ。

何せ、宮殿のあちらこちらに衛兵が立っている。時には宰相や女王とも出くわす。

皆が見守ってくれているのである。

恥ずかしい。

アルヴィンのほうはあの事件の時にたがが外れたらしく、人目をまったく気にしなくなってしまった。シュピーゲル城で過ごしていた時は一度も言わなかったことを平気で口にするようになってしまった。

「早く結婚したい。お前を独占したい」

顔から火が出そうだ。

照れて下を向いたまま歩くユディトの頭を、アルヴィンの大きな手が撫でる。

階段の下で兵士がこちらを見ていた。ユディトは彼の顔を見ないようにうつむいたが、アルヴィンはユディトの肩を抱いたまま兵士に「ご苦労」と声を掛けた。

「アルヴィン様」

小声でたしなめる。

「このような、はしたないこと。少しは自重されたらいかがか」

アルヴィンはしれっとした顔で答えた。

「もっと見せつけないとだめだ。お前の所有権がヒルダから俺に移ることを一人でも多くの人間にアピールしておかないと俺はおちおち寝ていられない」

「所有権とは……」

堂々とした態度で語り始める。

「これでも我慢してやっている。ヒルダが婚前交渉はだめだと言うから。俺がその気になればこのまま宮殿の俺の寝室にお前を抱えて帰れることを忘れるなよ」

ユディトは唇を引き結んだ。

それならそれでもいい。ユディトが避けたいのは人前で睦むことであって、触れられたくないわけではない。むしろ、強引にベッドに引きずり込まれて荒々しく扱われたい。からだに刻みつけるように。一生忘れないように。何もかも忘れられるように。生きながら楽園を見られるように。

しかし彼の言うとおり、ヒルダが嫌がるのである。ヒルダがだめと言ったらだめなのだ。

とはいえ結婚もヒルダが望んでいることだ。

その日が来て式を挙げれば晴れて解禁だ。その後は何をしても許される。子供ができるようなことをしてもいい。むしろ子供を作るのは自然な夫婦の営みだ。

少しの間我慢だ。それが節度であり人間らしい理性だ。

無垢な少女の願いを叶《かな》えるのも大変だ。愛情豊かな結婚式に清らかな花嫁を望む彼女のおままごとに付き合う――これもユディトにとっては立派な職務なのだった。

そしてそういうユディトをアルヴィンは尊重してくれる。口では文句を言うが、確かに、彼は毎晩ユディトを騎士団の寄宿舎に送り届けてくれる。

むりやり寝室に抱えて帰る、という言葉から連想して、湖でのことを思い出した。あの時彼は軽々と自分を持ち上げた。

彼は強い。誰よりも強い。ユディトが過去に出会い剣を合わせた相手の中では一番だ。

そんな強い男の優秀な種を受けて子を宿す。

自分はなんと幸福で恵まれた人間なのだろう。

ユディトは彼の強さ以外の面も評価していた。

南方師団と行動を共にしている間、彼はずっと冷静だった。ユディトに気を配りながらも作戦の遂行に尽力した。最終的に彼は一人でルパートを捕縛した。

そういう判断力や状況を見通す力はユディトには欠けているものだ。あるいは、もしかしたら、そういう力も彼の強さのひとつなのかもしれない。敵《かな》わない、と思う。

アルヴィンは文句のつけようのない男で、そんな彼とつがう自分は幸せ者で、女王の采配は間違っていなかった。

正直なところユディトにはいまだに愛だの恋だのがよくわからない。だが、これからもずっと一緒にいたいし、家族になりたいし、二人の時間は大切だ。この感情に新しい名前を付ける必要性は感じない。ただただ、自分の中にある温かさのようなものを抱き締めて生きていたい。

一度宮殿の建物を出た。

半月が浮かんでいた。これから新月に向かって欠けていく。そして次に満ちる頃には大聖堂で結婚式が執り行われる。式の主役は自分だ。

突然横から頬をつかまれた。

手のほうを向くと、アルヴィンがユディトを見ていた。正確には、彼はユディトの瞳を覗き込んでいた。目が合っているという感じではない。

「前々から気になってたんだが」

右手で左頬を、左手で右頬を包む。親指で下まぶたを押し下げる。

「お前、変わった目をしてるよな」

「変わった目、とは？」

「瞳の色が。屋内で見ると金色みたいな明るい茶色なのに、月や太陽の光が入ると青っぽく見える」

「ああ、母がそうで、子供である私たち兄弟も皆こんな感じなのだ」

「舐《な》めたい」

顔に顔が近づいてきた。

両手で頬をつかまれているので動けない。

さすがに眼球は、と思って硬直していたところ、眉間に口づけされた。

「お前のこと、頭からかじりたいな。食いたい。どんな味がするんだろうな」

「そ、それは、困るが、なんというか――」

はあ、と、息を吐いた。

「私も。かじるだけなら、かじられてみたい」

手が離れた。

次の時、背中に手を回され、強く抱き締められた。

「かじるだけならな。本当に食ってしまって、お前がいなくなったら、俺は生きていけないから、かじるだけにしておこうな」

「そう……、かじるだけなら……」

自分が死んでしまったらこの人は生きていけないのだ。

彼に支配されているようで、彼を支配している。

人は皆、こんな甘い恍惚感《こうこつかん》の中で生きているのだろうか。

こうして服を着て抱き締め合っているだけでも溶けてしまいそうなのに、その時が来たら、自分はどうなってしまうのだろう。

怖いと思わなくもない。

でもそれ以上に、楽しみだ。

この感情の名をユディトは知らない。


ホーエンバーデンでは、結婚式の朝、花嫁は住み慣れた生家で支度をする。実家を出て教会に向かい、教会からは花婿と暮らす新居に行くので、実家には、もう、戻らない。今までの家族と、そして少女時代と別れを告げ、父親に連れられて花婿が待つ教会へ赴く。

ユディトも例外ではなく、この日の朝は王都の郊外にある実家にいた。

母親や侍女たちに手伝われて着替えをし、化粧を施された。ヘリオトロープの甘い香りのする香水を振りかけられ、ヘリオトロープの花を模した造花を髪に飾った。

最後に母が持たせてくれたブーケは、白い薔薇とピンクのカーネーションを紫のヘリオトロープが囲む、清楚《せいそ》だが可愛らしい花束だった。

「本当にこれでいいのですか」

家を出る直前、母がそう問い掛けた。

「お前のためならば、私たちはなんでも用意しましたよ。一生で一番華やかな日です。誰もがお前を祝福する日です。お前が主役の日です。それでも、お前は本当にこれでいいと思っているのですね」

ユディトは笑って即答した。

「ああ。アルヴィン様は、一番自分らしいと思う姿で来るようにとおっしゃってくださった」

そう言うと、母は笑みを作った。

「そうですね。ありのままのお前を愛していただきなさい」

彼女はそれ以上何も言わなかった。

「では、参るか、ユディトよ」

父がそう言ってユディトを導いた。ユディトは今日まで慈《いつく》しんでくれた屋敷に軽く会釈をしてから馬車に乗り込んだ。

「ああ、わたくしが緊張してまいりました」

長いバターブロンドの髪を結い上げ、とびきりお気に入りのドレスを着たヒルダが、自らの胸を押さえながら言う。

今日の彼女は、胸元を隠す襟、袖はなく二の腕まで隠すロンググローブをはめ、バッスルスタイルのドレスを着ていた。ピンクを基調として白とクリーム色を用いた少女らしい色合いだ。髪からは腰に届くほど長いピンク色のリボンが垂れており、彼女の可憐さを際立たせていた。

「あたしもですよ。あいつはここぞという時にヘマをやらかす人間ですからね。何事もなく終わりゃあいいけど」

ヒルダの隣に座るエルマは真っ赤なドレスを纏っていた。胸元の大きく開いたデザインで、豊満な胸の谷間が覗いている。一応上に白い毛皮のショールを羽織っているが、大胆な色香のすべてを覆い隠すつもりはないらしい。

先ほどから新郎側の席にいる若い将校たちが「エルマちゃーん」と手を振るのに愛想よく手を振り返していた。

「別に構わないではありませんか。何せ今日は彼女の日なのですから。これが他の者の式でしたら問題ですが、自分の式で恥をかくならそれはそれで彼女らしいということです」

ヒルダを挟んでエルマの反対側で、クリスが淡々とそう言う。

彼女のドレスはエルマとは真逆で、深い紺色を基調としていて、襟が高く首元まで隠れていた。銀の髪はひとつにまとめ、白い羽根のついた紺色の帽子をかぶっている。清楚で凛《りん》としており、落ち着いていて実年齢より少し年上に見える。

クリスが王都に帰ってきたのは数日前のことだ。事件の直後から二カ月ほどはリヒテンゼーで療養生活をしていたが、持ち前の根性と体力で調子を整え、当たり前のような顔をして騎士団に戻ってきた。

ヒルダは事件前と変わらぬ様子のクリスを見てわんわん声を上げて泣いた。だが、クリスはまったく動じない。にこりとも笑わずに泣き喚《わめ》くヒルダを見つめていた。それでこそ氷の女王クリスティーネ・フォン・ローテンフェルトだと、誰もが感心した。

ただ、彼女がこのタイミングを選んだのは親友の結婚式に間に合わせるためだ、という話が出て、一同は彼女にも温かな情があることを感じて微笑ましく思うのだった。

新婦側の席では、ヘリオトロープ騎士団の女たちがいつになく着飾って談笑している。新郎側の席には士官学校出の若い将校たちが詰めていて、「あんな美人いたっけ⁉」「誰が誰かぜんぜんわからん！」と騒いでいた。

新郎新婦の同僚たちだけではない。王家の親族、伯爵家の親族、軍の高官から宰相を筆頭とする官僚たち、両家の使用人まで、大勢の人が大聖堂の中を埋め尽くしている。端のほうや大聖堂の外には一般市民も控えている。

誰もがこの佳《よ》き日を祝福して明るく楽しく笑っている。

大聖堂の鐘が鳴った。

パイプオルガンの荘厳な音楽が流れてきた。階段を駆け上がり天上に昇るような美しい調べは、ヒルダが愛する伝統的な教会音楽だ。

人々が静まり返った。

神父が祭壇に上がった。

大聖堂の扉が開けられた。

まず、入ってきたのはアルヴィンだった。

彼は軍の礼装を身に纏っていた。黒を基調とする詰襟に金のサッシュと飾緒《しょくしょ》、宝石で彩られた式典用のサーベル、白い手袋だ。黒い髪は撫でつけている。表情は穏やかで晴れやかだった。

彼は中央に敷かれた赤いカーペットのヴァージンロードの上を歩いて祭壇正面に向かった。そして、新郎側の席の最前列に座る人間に軽く頭を下げた。女王ヘルミーネだ。

女王はそれまでは凛々しい表情をしていた。ともすれば冷たいくらいの落ち着いた様子だった。だがそんなアルヴィンを見ると、口元を押さえ、うつむいた。

女王の後ろの列には乳母一家が座っている。アルヴィンの乳母でありロタールの母親であるふくよかな初老の女性がおいおいと泣いていた。その隣で、ロタールも珍しく唇を引き結んでアルヴィンを見つめていた。アルヴィンはちょっと笑って手を振った。

祭壇の前に立つ。

次は新婦の入場だ。

大聖堂の出入り口に、二人分の人影が立った。

一人はユディトの父親であるシュテルンバッハ卿だ。彼も軍の礼装を身につけており、将軍らしく胸にいくつもの勲章《くんしょう》をつけていた。表情は戦争に赴く気なのではないかと思うほど硬い。我が子の結婚式は初めてなのだ、緊張しているに違いない。

もう一人はユディトだ。

大聖堂の中にざわめきが広がった。

ユディトがウエディングドレスではなかったからだ。

白い立て襟のシャツの下、同じく白いトラウザーズ。シャツの上に黒いベスト。濃い紫のジャケットを羽織って、金のボタンで前を留めている。最後に薄紫の裏地のついた白いマント。

軍服――ヘリオトロープ騎士団の制服だ。

*

今日、自分は嫁ぐ。

騎士としてのありのままの自分を愛してくれるひとのもとに嫁ぐ。

ふわふわしたドレスなんかいらない。

一番自分らしいと思う自分のまま、自分は、結婚する。

この身に纏うのは真実の愛と忠誠心だけでいい。

恐れるものは何もない。

*

祭壇に向かって歩いていく。赤いカーペットを踏み締めていく。

高いステンドグラスから光が差し入っている。その光は美しく、神々しく、荘厳《そうごん》で、ここそが天国なのではないかと思わせられた。

大勢の人たちに見守られている。思いのほか皆穏やかな表情だ。安心している様子さえ見受けられた。誰も彼もユディトがいつものユディトであることを喜んでくれている——そう思うと、世界は優しくて、温かくて、心地よいところだった。

父が立ち止まった。

父から離れた。

最後に、彼はユディトに向かって囁いた。

「幸せになるんだぞ」

ユディトは「はい」と微笑んで返した。

アルヴィンの隣に立つ。

アルヴィンも穏やかに笑っていた。ユディトを見つめて、満足げに頷いていた。

「似合っている」

そう言ってくれたのが何よりも嬉しかった。

「よろしいかな」

神父が言った。彼もまた優しく微笑んでいて、ユディトは、祝福されているのを感じた。

世界のすべてに感謝したい。

「新郎アルヴィン・フォン・フューレンホフ」

「はい」

「あなたは、ここにいるユディト・マリオン・フォン・シュテルンバッハを、健やかなる時も、病める時も、喜びの時も、悲しみの時も、富める時も、貧しい時も、これを愛し、これを敬い、これを慰め、これを助け、その命ある限り、真心を尽くすことを誓いますか?」

「誓います」

「新婦ユディト・マリオン・フォン・シュテルンバッハ」

「はい」

「あなたは、ここにいるアルヴィン・フォン・フューレンホフを、健やかなる時も、病める時も、喜びの時も、悲しみの時も、富める時も、貧しい時も、これを愛し、これを敬い、これを慰め、これを助け、その命ある限り、真心を尽くすことを誓いますか?」

「誓います」

何もためらうことはなかった。

誓いの口づけをする時だけはほんの少し恥ずかしかったが、ユディトはたまには頑張ろうと思い、自分から率先してアルヴィンに身を寄せて口づけをした。


その日の夜、二人は一度宮殿に帰った。二人の新居がまだ決まっていないのだ。女王やヒルダがアルヴィンともユディトとも離れたくないと言ってごねたからである。新婚生活は当分の間、宮殿での間借りの暮らしになりそうだった。

ユディトは、二人のために新しく用意された寝室の天蓋付きのベッドに腰掛け、一人でアルヴィンを待っていた。彼は水晶の間で軍学校の同期たちに絡まれて酒を飲まされている。無事に帰ってくるといいのだが、初夜から失敗しないか不安だ。

ややして、扉がノックされる音がした。

ついにこの時が来た。

緊張で爆発しそうになる心臓を胸の上から手で押さえつつ、ユディトは「はい」と答えた。

「遅くなってすまなかった」

アルヴィンが入ってきた。式の間と変わらぬ軍の礼装のままで、だ。髪は乱れて前髪が顔にかかっていた。酒が回っているのか頬がほんのり赤い。

実はユディトもこの時まだヘリオトロープ騎士団の制服のままだった。アルヴィンが着替えるなと言ったからだ。どういう意図があるのかは知らないが、とりあえず言うことを聞いて、式が終わった後はそのままの姿で水晶の間でのパーティに参加して、着替えることなく現在に至る。

「よそに引っ越したかったな。新居で初夜を迎えたかった。宮殿にいたら邪魔が入るのが目に見えている」

歩み寄りつつ、アルヴィンが険しい顔をして言った。

「そんなことはあるまい、陛下とヒルダ様が用意した結婚なのだから」

「絶対絶対絶対そんな簡単に落ち着くものか」

頑として譲らなかった。ユディトは深く息を吐いた。

「まあ、いいけどな。どんなことがあったって、もう、お前を譲らないからな」

アルヴィンが近づいてくる。

ベッドの上に、膝をのせた。ぎし、と鳴った。

距離が近づいた。

ワインの甘い香りが漂ってくる。ユディトまで酔ってしまいそうだ。

「なあ、ユディト」

彼の大きな左手が、ユディトの右頬を包んだ。

「今夜こそ、いいんだよな」

唾を飲んだ。初めてのことでうまく振る舞えるか不安で体は強張っていた。

恐ろしいとまでは思わなかった。ユディト自身も待ち望んでいたことだった。少しくらい失敗してもアルヴィンは笑わないでいてくれるという確信もあった。

ゆっくり、頷いた。

「子を」

頬が、熱い。

「赤ん坊を、授かるように。たくさん、愛していただきたい」

次の時、唇と唇が、触れた。

最初の口づけは、すでに何度も経験した、やわく浅い口づけだった。

しかしその後、初めての深い口づけを与えられた。いつにない角度で唇を重ね合わせる。舌先で歯列をなぞられた。

頭の奥が、じん、と痺《しび》れるような、甘い疼《うず》きを感じる。

一度、唇を離した。

「愛してる」

彼の紫の瞳が、まっすぐ見つめてくる。

ユディトは、照れて目を逸《そ》らしそうになるのをぐっとこらえて、見つめ返した。

「私も。お慕いしている」

アルヴィンの手が、制服のジャケットのボタンに触れた。

「俺、騎士団の制服を脱がすの、夢だったんだよな。すごい、こう、背徳感があって興奮する」

「バカ！　なぜ今のこのいい雰囲気の時にそういう変態めいたことをおっしゃるのか⁉」

「汚したり破ったりしないから！　汚したり破ったりしないから脱がせてくれ、頼む！」

「呆れた！」

だが憎めなくて、ユディトは溜息をついただけでそれ以上何も言わなかった。

彼が天蓋から下がるカーテンを閉めた。これから始まる夜は二人きりの世界だ。

子とは何度睦《むつ》み合えばできるものなのだろうか。最初の子はいつになるのだろう。最終的に全部で何人産めるだろう。どんな家庭になるのだろう、賑やかで楽しい家庭だったらいい。ピアノを習わせるのもいい。

そしていつかみんなで夏のリヒテンゼーに行こう。二人が愛を育んだ日々の記憶を慈しみながら新しい家族の記憶を塗り足していこう。

未来はこんなにも明るい。

そんなことを考えながら、ユディトは目を閉じた。

＊

優しく心地よい闇の中たゆたっていた意識が、少しずつ浮上してくる。まぶたの向こう側の明るさ、今までとは違う布団の感触、すぐ傍で誰かが動く気配。

ユディトは一度うっすらと目を開けた。朝が来たことを確認するためだ。

天蓋の向こう側、窓の外はすでに明るくなっているようだった。しかしカーテンはいまだ閉ざされたままで室内は薄暗い。

「まだ寝ていていい」

耳元で囁かれた。言葉とともに漏れた吐息が耳介にかかった。

からだが、こころが、震える。

声のしたほう――ユディトから見て右のほうを向くと、伏せるように腹をシーツのほうへ向け、枕の上に左肘をついているアルヴィンの姿が見えた。掛け布団の隙間から見える肩は裸だ。

間を置かず彼は右手をユディトのほうに伸ばしてきた。

皮膚の厚い大きな手が、ユディトの頭を包み込むように撫でる。口では寝ていいと言っておきながら、本当に二度寝させる気はないのかもしれない。丁寧に何度も頭頂部から耳の後ろまで撫でられていると、ユディトは落ち着かなかった。

それでもまぶたを下ろした。視覚情報を遮断《しゃだん》して、触覚を研ぎ澄ませて彼の手の大きさを感じていたくなったからだ。

彼のほうに身を寄せる。体温を感じる。昨夜の身を焦がすような激しい熱は収まったようだが、二人とも深い眠りによってまだ少しぬくまっていた。温かく、心地よい。

ユディトが身を寄せると、彼はどうやら体を完全にユディト側へ向けたようだった。一度頭を離し、もっと密着するように抱き寄せた。ユディトの額が彼の首に触れる。

こんな朝を迎える日が来ようとは思っていなかった。完全に想定外の状況だ。

だが、悪くない。このままずっとこうしていてもいいと思ってしまうくらいには心地よい。ひと晩で馬鹿になってしまったようだ。

昨夜の、荒い息の合間にアルヴィンが言ったことを思い出した。

――おかしくなってもいいんだぞ。

耳がまた熱くなる。

――おかしくなってしまえ。

照れて顔を見られたくなくなったユディトは、さらに強くアルヴィンの首筋に顔を埋めた。

彼はすぐユディトの挙動不審に気づいたらしい。耳元で優しく「なんだ?」と問い掛けてきた。

けれど今の感情を的確に言い表す言葉をユディトは持たない。ただただ無言でやり過ごすしかない。

ひとを愛するということは、おかしくなってしまうことなのだろうか。

去年、いや半年くらい前までの自分であったら、今の状態を受け入れられなかっただろう。汚らわしい、唾棄《だき》すべきものとみなして、断罪したかもしれない。ヘリオトロープの騎士として清純であるべきだと思い込んでいたし、女性として扱われることに恐れすら抱いていた。あの頃の自分であったら、今頃首を掻き切って死のうと思っていたかもしれない。

でも、今は、受け入れられる。

激しく求め合った後の朝はこんなにも穏やかかつ静かで優しい。今の自分はこの朝の平和を享受することを罪だとはどうしても思えなかった。

それに、ユディトはふたつの確信を得ていた。

ひとつ――こうして睦み合っても自分の体が大きく損なわれたわけではない。今はこの平和な朝を味わう時間に溺《おぼ》れているが、また近いうちに剣を握ってヒルダの傍に控えるようになる自分をはっきりとイメージすることができた。

ふたつ――体の構造が違うだけで根源的に自分と彼は同じ生物だ。そうでなければあんなふうに熱を分かち合うことはできなかっただろう。自分たちは一個の人間として対等だ。その上で、自分が男だろうが女だろうがアルヴィンは変わりなく慈しんでくれたに違いない。

そして、思うのだ。

いつかヒルダがこうして誰かと愛し合う日が来た時に、それは汚らわしいことでも恐ろしいことでもなんでもないのだと、伝えられたらいい。

「――髪」

ユディトは目を開け、少しだけ体を離して、見上げるようにアルヴィンの顔を見た。

彼はユディトの耳の辺りを見ていた。

「伸びたな」

「ああ」

頷いた。

「少し伸ばしたのだ。式のために」

「へえ」

すっとんきょうな声を出す。

「お前はそういうのは好きじゃないと思っていた。そういうの――着飾るために何か特別な行動に出るのは」

アルヴィンはなんでもわかってくれる。

「式の準備で忙しくて身なりを整える暇がないのかと。お前はずぼらなところがあるからな」

「アルヴィン様のそういうことを言ってしまうところは好きではない」

はあ、と息を吐く。

「どうしても花を挿したかったのだ」

「花を？」

「ヘリオトロープの花を」

その紫の花が意味するところは、献身的な愛だ。ヘリオトロープ騎士団は王族女性に捧げる忠誠心の象徴としてその花の名を冠しているのだ。

しかしユディトはヒルダだけでなくアルヴィンにもその愛を捧げたいと思った。ヒルダと半分ずつではない、ヒルダとアルヴィンで二倍である。多少は大変だろうができないことはない。せいいっぱいの努力、そして、真心だ。

それを、大聖堂に集まった皆の記憶にも残るように見せつけたかった。

「ヒルダ様の髪結い係に相談したら、髪が短すぎて花を留めるのが難しいのではないか、と言われて」

「なるほど」

一拍間を置いてから、問われた。

「これから切るのか？」

ユディトはわざと訊ねた。

「伸ばしたほうがいいだろうか」

なんと答えるのかはわかっていた。それでも少し意地悪な気持ちで確認してやろうと思った。

そんなユディトの予想を超える形でアルヴィンはこんなことを答える。

「それもいいんじゃないか」

切っていいと言われるとばかり思っていたのだ。

ユディトは驚いて目を丸くしたが、彼は事もなげにこう続けた。

「俺は伸ばしたことがないから知らんが、ロタールがよくひとつにくくれるほうが邪魔にならないと言うからな。そう、あいつは髪をまとめたり耳に掛けたりできるように伸ばしたらしい」

「なんと……、ロタール殿のことだから何かしゃれた意味があるのではないかと思っていた。意外と雄々しい理由だな……」

「お前もたまに伸びた前髪が目にかかっているようだし、まめに切るのが面倒臭いなら伸ばせ」

思わず笑ってしまった。

「アルヴィン様の中の私はどれだけずぼらなのだ」

「いや、忙しそうだな、と思っているだけだ。本当だ。本当だぞ」

そしてアルヴィンも笑う。

「お前、歯並び綺麗だな。もっと口を開けて笑え」

その言葉でさえ照れ臭くて、うつむき口を閉じようとした。そんなユディトの唇に、アルヴィンが親指を突っ込んだ。ユディトは抗議のためにアルヴィンの胸を叩いたが、彼は気にせず唇を寄せ、ユディトの上唇を食《は》む。これではもう何も言えない。

いつだったか、ヘルミーネが、ユディトならあのやんちゃ坊主の求めに応じられる、と言っていたのを思い出した。こういうことだったのかと、ユディトはいまさらながら思った。


アドヴェントが始まる頃ホーエンバーデンには初雪が降る。王都は国内では比較的暖かいので積もるのは当分先だが、遠いリヒテンゼーからは冠雪の便りが届いた。

ユディトは浮足立つのを抑えてアルヴィンの帰りを待っていた。今日は二人でクリスマスマーケットに行く約束をしていたからだ。

今日のアルヴィンは宮殿の中で王族としての仕事をしている。年明けにリヒテンゼーで会ったヴァンデルンの首長たちが女王に拝謁《はいえつ》しに王都へ来るとのことで、その準備に追われているのだ。

だが、今日は早めに切り上げてくれるという。ユディトがヒルダの護衛としての仕事を終える午後四時をめどに諸々《もろもろ》の用事を終わらせてくれるのだそうだ。互いに宮殿の中で働いていることになるので、王国軍の施設に勤務している時より早く再会できる。

はたしてアルヴィンは約束どおり午後四時を十分ほど回った辺りで夫婦の寝室に戻ってきた。

「ご機嫌だな」

「早く出掛けたかった」

「俺と散歩に行きたかったんだな。よしよし、待ってろ、すぐにリードをつないでやるからな」

「冗談にしても程があるだろう」

しかし事実そうなのだから仕方がない。ユディトは存在しない尾を振ってアルヴィンが軍服から平服に着替えるのを待った。

二人が宮殿を出た時、外はすでに暗かった。冬至の近づくこの季節は日が暮れるのも早い。午後四時が近づいた段階で太陽は西の森に沈む。

だが、真っ暗闇というわけでもない。宮殿前公園から大聖堂へつながっている通りに、蠟燭の街灯の炎が点々とともっているからだ。街灯の光を受けた金銀の飾りが踊るように輝いて、大聖堂の方面に向かう二人の行く先を照らしてくれている。

数々の小さな炎の光に導かれるようにして、二人は大聖堂へ向かった。

正確には、大聖堂前のマーケット広場へ、だ。

マーケット広場とは、本来は毎週日曜日に開かれる朝市のための広場である。朝市では、野菜から木の実まで、シャツから靴や髪飾りまでと、市民が必要とするものはなんでも揃う。

しかしアドヴェントの季節は違った。

ユディトは、無数の蠟燭に照らし出されて明るい店舗群を眺めて、ほう、と息を吐いた。吐息は白く曇って消えた。

この季節、マーケット広場はクリスマスマーケットに変身する。クリスマス当日まで毎日市が開かれて、店舗は夜まで営業していた。

布製のテントではなく木製の簡易な小屋が並ぶ。そしてその小屋の軒先にはクリスマスに必要なものがずらりと並んでいる。ジンジャーブレッド、蠟燭、主の降誕《こうたん》を再現した小さな馬小屋と人形、そしてオーナメントなどである。

ユディトは手元のメモを眺めながら言った。

「クリスにオーナメントの林檎《りんご》を買ってくるようにと言われた」

「林檎？」

「木製だから夏に乾燥して割れるのだ」

「なるほどな」

人混みを二人で歩く。

きっとどこかから王族の警護をする近衛兵が見張っているはずだ。しかし彼らも私服で潜り込んでいるらしい。新婚生活を楽しんでいるアルヴィンとユディトに気を遣い、自分たちが見つめていることを悟られないように振る舞ってくれているのだ。人の気配に敏感なユディトは時々誰がそうなのか見分けてしまうこともある。けれど自分たちのためにそうしてくれているものをあえて暴くことはしない。厚意に甘えて気づかぬふりをした。

「どこに飾るツリーだ？」

「ヘリオトロープ騎士団の詰め所だ。いつもとても大きなものを飾っている」

「そうか、道理で」

騎士団の内部の施設が男性の目に触れることはない。基本的に男子禁制だ。したがってアルヴィンも存在を知らないはずである。

ユディトは今になってそれを惜しいと思った。自分たちの自慢のツリーを彼にも見せたいと思ったのだ。

同時に、このまま秘密にしておきたいとも思う。秘密の花園は秘密の花園のまま、永遠に仲間たちだけで共有しておきたい気持ちもある。秘密基地が必要なのは少年だけではない。アルヴィンに内緒のことも独身時代のいい思い出としてひとつくらい持っていてもいいだろう。

「クリスマスは家族で過ごすものだからな」

ユディトはまた白い息が出ていくのを見た。気温は低いが心は温かい。

「私にとってヘリオトロープ騎士団は第三の家族だから。騎士団のためにクリスマスの準備ができるのは私にとって喜びだ」

オーナメントの店はひとつではない。アルヴィンも真面目に林檎探しを手伝って辺りをきょろきょろと見回している。

「第三？　なんだか半端だな。三番目とは……第二の家族ならなんとなくわかるが」

「第二は実家、血縁のほうの家族だ」

アルヴィンが振り向いた。

「じゃあ、第一は？」

ユディトは最近上手になった笑みを浮かべて答えた。

「アルヴィン様だ。私はあなた様と結婚した。私とあなた様の、今は、二人きりの家庭が。私にとって一番の家族になった」

今は、の部分を強調した。来年の今頃には増えているかもしれないと思うと、ユディトは楽しみでならないのだ。

ユディトのその言葉を聞いた瞬間、アルヴィンの表情が泣きそうに歪んだ気がした。

顔を見られたくなかったのか、彼は踵を返した。照れているに違いない。そう思うと、ユディトは嬉しかった。

「はぐれるなよ」

アルヴィンがこちらを向くことなく後ろのユディトへ手を伸ばす。ユディトはその手をつかんだ。ぎゅっと、握り締める。けして外部の何者かに離されることのないように。

「お、ホットワインだ」

先ゆくアルヴィンがひとつの店を見つめて立ち止まった。ユディトはそんな彼の背中にしがみつき、彼の肩越しにその店を眺めた。ジョッキのような大きなグラスに紅《あか》いワインがなみなみと注がれている。魅力的な湯気と香りを放っていた。

「飲むか」

ユディトは「ああ」と頷いた。

頷いてから、唯一の王族男性である彼が外で軽率に飲食物を口にしていいのか、と悩んだ。ユディトは普段ヒルダの警護をしながら彼女にどこで作られたかわからないものを食べさせないようにしていた。いつ毒を盛られるかわからないからだ。

しかし――店の内部を見る。大きな釜で煮込まれたワインを、おたまですくってグラスに移している。万が一毒物が混入していた場合、店の周りに群がる一般人が皆倒れているはずだ。さすがに女王のお膝元である王都の神聖な大聖堂前の広場でそんなテロ事件を起こす者はない。皆楽しそうにワインを飲んで頬を赤く染めていた。

ユディトは、ヘルミーネ女王の統治下である王都の治安に感謝しながら、アルヴィンがホットワインを買うのを見守った。

彼はひとつしか買わなかった。右手はユディトの手を握り締めたまま、左手で店員の青年からグラスを受け取った。そして、息を吹きかけてからまず自分が一口飲んだ。口をつけたものを「飲め」と言ってユディトに差し出した。

間接キスだ。

ユディトは苦笑しながら受け取り、同じように口をつけた。

喉の奥を焼くように熱いワインが流れる。臓腑《ぞうふ》の底から身が温まるのを感じる。

これで身も心も温まった。

「林檎を買ったら市庁舎の劇場に行くか」

市庁舎は大聖堂のすぐ傍にある大きな建物だ。

王都は女王の名の下に選挙で選ばれた市長が市政を切り盛りしている。その職場である市庁舎の内部には大きな劇場があり、普段は市民が自由に出入りできるようになっていた。この季節は毎晩讃美歌のコンサートや降誕の演劇が催されているはずだ。

「今夜の演目は何だろうな」

アルヴィンにグラスを返しつつ、ユディトは答えた。

「お供する。一緒に中へ入らせていただく」

アルヴィンが少し笑って頷いた。


ところがいざ市庁舎に来てみるとまだ何もやっていない。掲げられたポスターを確認したら、今日のコンサートは午後八時からとなっている。六時を回ったばかりの今はリハーサルすら行われていない。

劇場にはそこそこの人が入っていた。外の寒さから逃れてきたのだろう、屋台で買ったと思われるウィンナーやプレッツェルを食べて寛《くつろ》いでいる。

「まだあと二時間くらいあるな」

コンサート用に出されているとおぼしきグランドピアノがひとつあるだけで、何の装飾もない、がらんとした舞台を眺める。

「いかがする？　待つか？」

ユディトが問い掛けると、アルヴィンがこちらを向いた。

「お前はどうしたい？」

はっきりと即答した。

「私はお待ちしてもいい。アルヴィン様と一緒なら二時間くらいなんでもない」

アルヴィンが安堵したのかほんのり笑みを見せた。

「だが俺のほうが待ち切れないな」

「何だと？　私と二人きりでは間がもたないと、そうおっしゃるのか」

「お前、喋らないんだもんな」

ぐうの音も出なかった。彼の言うとおり、ユディトには彼を二時間楽しませるための話術がない。かといって何ができるわけでもない。市民の憩う市庁舎の内部でちゃんばらをするわけにはいかないのだ。

そう思っていた。

「――まだ、コンサートは準備もしていないんだよな」

アルヴィンがそう言って舞台に歩み寄った。

何をする気だろう。

黙って見つめていると、彼は身軽な動作で長い脚を引っ掛けるようにして舞台に上がった。

舞台の左手奥に向かう。

そこに、グランドピアノが置かれている。

アルヴィンはそのピアノの蓋を開けた。

ピアノの前に置かれた背もたれのない椅子に座る。両手をゆったり持ち上げて鍵盤の上で構える。

ひとつ、人差し指を置くようにして、音を出した。

劇場の中にいる人たちが、一斉に舞台のほうを向いた。

ユディトは心臓が跳ね上がるのを感じた。アルヴィンはひとにピアノを聴かせるのが好きではないはずなのだ。

市庁舎のピアノは公共物で、普段から地元の芸術学校の学生が勝手に弾いていることもあり、触っても問題はない。

だが、アルヴィンの気持ちのほうはどうなのか。

ユディトの心配もよそに、アルヴィンは静かに息を吸い、吐いた。

次の時だった。

彼は穏やかな表情のまま、音を奏で始めた。

すぐにわかった。

讃美歌だ。

歌唱部分の旋律に和音を、伴奏部分に装飾のアレンジを加えているので荘厳な音楽に聴こえるが、この季節ならどこででも聴かれる、子供でも歌える曲だった。もちろん、ユディトもよく知っている。子供の頃実家の家族と通った大聖堂の合唱隊でも毎年聴いていたし、合唱団に早変わりした騎士団でもよく歌い上げていた。

その清らかな旋律に胸を衝かれる。ホットワインで温まったお腹の中身が再度熱くなる。

後ろのほうから囁き合う小さな声が聞こえてきた。

「誰かが弾いてる」

「誰が弾いてるの？」

「あれ、見て」

「アルヴィン殿下じゃない？」

次第に劇場内にいた人々が舞台のほうに近づいてくる。

「アルヴィン殿下がお弾きになっている」

やがて一曲弾き終わった。讃美歌なのでそんなに長い曲ではない。

アルヴィンはちらりと舞台下を見た。

人が集まっている。

ユディトは彼が何を言い出すかとはらはらしながら見守った。

彼は何も言わなかった。無言でふたたび鍵盤の上に手を置いた。

わずかに微笑んでさえいるようだった。

「アルヴィン殿下」

市民がアルヴィンを見つめている。

次の曲が始まった時、ユディトは悟った。

彼は受け入れたのだ。王族として、自分もヘルミーネの子供たち同様に楽器ができることを民に知らせる気になったのだ。

そう思うと嬉しくて、胸が熱くて、またクリスマス曲の踊るような旋律も楽しくて――

彼の傍に寄り添いたかった。

ユディトも舞台に向かった。足を掛け、身を乗り出し、舞台の上に立った。

グランドピアノに近づく。ピアノの端に手を置く。

自然と口を開くことができた。

よく知っている曲だった。クリスマスには必要な歌だった。

息を吸う。

お腹を引き締めるように息を吐く。

次に吸った時、ユディトは自分の中から滑らかに歌が出てくるのを感じた。

今日は、特別な日。この歌なら、歌える。

ユディトのアルトがアルヴィンの弾く音に乗って劇場の広い天井に響く。

軽く目を閉じた。耳を澄ませ、アルヴィンのピアノが導いてくれる旋律に集中した。

一曲が、終わった。

目を開けた。劇場にいた全員が、ユディトとアルヴィンを見ていた。

みんなが、見ている。

みんなが、見守ってくれている。

「聴きたい歌はあるか」

アルヴィンが舞台下に向かって問い掛けた。集っていた市民たちは戸惑った様子で顔を見合わせた。

そのうち、勇気ある一人が声を上げた。やはり、クリスマスにふさわしいある歌の名前を挙げた。

アルヴィンは何のこともなく弾き始めた。

ユディトも楽しくなってきた。音楽とは本来楽しいものなのだ。

前奏が終わると、声が出た。

声もピアノの音ものびやかに響いて劇場の中を満たす。

拍手が響いた。

みんなが、自分たちを祝福しているように感じた。

「次は？」

アルヴィンがそう問い掛けると、今度は子供が手を挙げた。そしてやはり、クリスマスの歌の名前をひとつ挙げた。

ユディトは一度、その場にしゃがみ込んだ。

「みんなで歌おう」

そう声を掛けると、子供たちが頷いた。

みんながひとつになる。

この国に生まれてよかったと、ユディトは心からそう思った。

音が、重なる。

二人は楽団が集ってコンサートの準備が始まるまでそんなことを繰り返した。

みんなが、見つめてくれていた。

男装の騎士と訳アリ王子のハッピーな結婚生活

ユディトは、ヘリオトロープ騎士団の控え室にある姿見の前で身なりを整えた。

白い立て襟のシャツの下、同じく白いトラウザーズを穿く。シャツの上に黒いベストを着る。濃い紫のジャケットを羽織って、金のボタンで前を留める。最後に薄紫の裏地のついた白いマントを纏った。軍服――ヘリオトロープ騎士団の制服だ。

肩を越える程度に伸ばされた亜麻色の髪に櫛を通す。後頭部でひとつにまとめて、多少激しく動いても解けないようきつく飾り紐《ひも》で結う。

深呼吸をして、気合を入れた。

次期女王、王女ヒルデガルトが呼んでいる。

控え室を出た。

すぐそこの廊下にアルヴィンが立っていた。

「お、来た来た」

明るい声で言う。そして腕の中に向かって囁く。

「ほら、お待ちかねのお母様だ」

アルヴィンの腕の中で、その子はぐるりと首を回した。

細く柔らかいブロンドの幼子だ。金にも見える変わった色の瞳は丸く飴玉《あめだま》のようで、そこから薔薇色の頬に透明な雫《しずく》が伝っている。どうやら泣いていたらしい。薄く開いた紅色の唇からは白く小さな歯の先端が見える。

「どうした、カテリーナ」

柔らかな頬に触れ、指の腹でつまむようにして涙を拭った。

「泣くほど恐ろしいことなどないぞ。今日は大好きなお父様が一緒だし、寂しくないだろう？」

言いながらその実、ユディトのほうがつらいのを感じていた。

カテリーナはまだ赤ん坊だ。ようやく一歳になったばかりで、一人では歩くこともできない。生まれた頃から大勢の人に囲まれて育ったためか人見知りはしなかったが、母親のユディトにべったりとくっついて甘えがちで、ユディトの感情の変化を敏感に察しては泣いたり笑ったりしていた。

この子を置いて、自分は騎士団に復帰するのか。

騎士として働くことを望んだのは自分だ。それは誇りであり、生きがいであり、自分の本来あるべき姿だと思っていた。ヒルダに誓った忠誠の気持ちもまったく揺らいでいない。この子が一歳になったら仕事に戻ると決めて今日まで暮らしてきた。

ただ、自分の人生に新しく娘という存在が登場しただけだ。自分は何も変わっていない。

そのはずだった。

胸が苦しい。

「カテリーナ……」

顔を見ることができただけで安心したのだろうか、カテリーナはユディトと離れていたことを忘れてぱっと笑みを作った。しかし小さな手はアルヴィンのシャツの肩をしっかり握り締めていて、こちらはこちらで離す気はなさそうだ。

「お母様のほうに行くか」

そう訊ねると、照れたのか父親に抱かれているほうがいいのか、カテリーナはアルヴィンの肩に顔を埋めた。アルヴィンの首にふくふくとした腕が絡みつく。アルヴィンがさほど困っていない顔で言う。

「こーら、お父様の首が締まる。だーめ。もう本当に、だめだからな。お母様が呼んでるぞ。もう。あー、もう、カテリーナは甘ったれでしょうがないなー」

カテリーナの背中を抱く大きな手に力がこもる。彼も離す気はないらしい。手を差し出して待っているユディトが阿呆《あほ》みたいだ。

なんだかんだ言ってカテリーナはこの父親のことも好きだ。そして自分によく懐いているこの娘をアルヴィンは目に入れても痛くないくらい可愛がっている。

「あー、ほら、お母様が困ってる。でもお父様のほうがいいんじゃ仕方がないな。仕方がない、ほら仕方がない。お前はお父様のほうが好きなんだもんなあ！」

「そんなに嬉しそうな声を出されずともよろしい」

はあ、とこれ見よがしに溜息をついてみせた。

「この分なら、カテリーナをこのままあなた一人に任せて、私は行ってもよさそうだな」

カテリーナが生まれるまでは一度も見せたことのない笑顔で、アルヴィンが答える。

「安心しろ。今日は俺がずっとカテリーナと一緒にいるからな。ずっと、ずーっと一緒だ」

だが、彼も毎日こうしていられるわけではない。王族でもあり陸軍将校でもある彼が永遠に我が子とくっついていることはできないのだ。

漠然《ばくぜん》と、明日以降彼が仕事に戻ったらこの子はどうなるのか、という不安が浮かぶ。父親もいない、母親もいない、という状況でどんな反応をするのか。

ユディトが一人で歩き出そうとすると、置いていかれるとでも思ったのだろうか、カテリーナがぐずり出した。アルヴィンがあやすために彼女の背を優しく撫でるように叩いた。

きっとカテリーナはわかっているのだろう。

誰よりユディトが緊張している。ユディトがこの先の状況を恐れていて、不安がっている。

思い切って、ユディトはカテリーナを抱き上げた。カテリーナを奪われたアルヴィンのほうが「あー」と不満げな声を出した。

「どうしたらいいのだろう」

強く、強く、抱き締める。

「私は、どうしたら。ずっと、今日この日を待ちわびていたのに。こんな、直前になって」

するとアルヴィンが腕を伸ばしてきた。カテリーナを抱いたユディトを、まるごと抱き締めた。

「お前だって不安だよなあ。俺もまったく不安がないわけじゃない。今まではちょっと離れても何かあればすぐお前が対応できる状況だったもんな。俺もずっとそれが安心だった。でもお前が騎士を諦めてまで子守をすることがカテリーナにとって幸福かというと俺はそうじゃない気がする」

「アルヴィン様……」

「まあ、今日は初日だから、いいだろ。どうせ相手はあのヒルダだ、カテリーナを抱いていけ。あいつもカテリーナの顔を見たら喜ぶに決まっている」

そこまで言ってから身を離した。

今度は手を伸ばして、先ほどユディトがカテリーナにしたように、ユディトの頬を包み、つまみ、撫でた。

「俺もついている。お前が望むところまで、お前が望む時まで、ついていくから。いつでもカテリーナを受け取るから、少し肩の力を抜け」

大きく息を吸い、吐いた。そして、「ありがたきお言葉」と言って微笑んでみせた。


謁見の間でヒルダが待っていた。

ヒルダがカテリーナの顔を見たがって新居を訪ねてきてくれるので、この休職中も何度も顔を合わせてはおり、本当はそんなに久しぶりというわけでもない。だが、王族が政務に携わるための空間で公式に会うのは、カテリーナが生まれてから初めてのことだった。

玉座の傍らに立つヒルダを見つめる。

まだ女王ではない彼女がその椅子に座ることはないが、その時は確実に近づいている。十代の彼女の成長はめまぐるしい。正装である裾の長いドレスを身に纏い髪を高く結い上げた姿が凛々しい。彼女があっという間に大人になってしまいそうで、ユディトは嬉しくもあり寂しくもあった。

いざヒルダの姿を見てしまうと、彼女の成長に寄り添いたい気持ちが強まってくる。

彼女が女王になる瞬間をすぐ傍で見守りたい。その瞬間に立ち会いたい。そのためには騎士でいたほうがいい。否、彼女の一番の騎士として彼女の傍らに立つのだ。

ヒルダが振り返った。そして、母である女王ヘルミーネによく似た、美しく勇ましく落ち着いた笑みを浮かべた。

「おかえりなさい、ユディト」

その一言で、どこまでも強くなれる。

「ずっとあなたが帰ってくるのを待っていました。わたくしの筆頭護衛官の籍はまだあなたのために空けておりましてよ」

ところがその時、ユディトの腕に抱えられていたカテリーナが、大好きな叔母に会えて興奮したのか、天井全体に響き渡るような甲高い声を上げた。

「きゃーっ！」

ユディトは思わずカテリーナの口を手でふさいだ。小声で「こら、静かにしなさい」とたしなめた。だが一歳の赤子に言ってもわかるわけがない。これ以上強く叱ることはできない。

ヒルダが笑った。そして彼女のほうからユディトに歩み寄ってきた。

子供を抱えていてひざまずくことすらできないユディトに、ヒルダは優しく手を伸ばした。

「こんにちは、カテリーナ。ついてきたのですね」

畏《かしこ》まって首を垂れる。

「申し訳ございません。普段ならばアルヴィン様が見てくだされば充分なのですが、今日に限ってカテリーナが私と離れることを嫌がって泣くのです」

「いえ、いいのです。少しわかっていました。カテリーナも察して不安なのでしょう。――顔をお上げなさい」

言われるがまま、顔を上げる。ヒルダの碧の瞳が優しい。

「あなたがカテリーナをとても大切にしていること、わたくしは知っています。そして、カテリーナにあなたが必要であることも。ですので引き離すのは本意ではありません」

そしていたずらそうに片目を閉じて笑う。

「でもわたくしもユディトを譲る気はございません」

思わず笑ってしまった。

その、次の言葉だ。

「ユディトは、母上様が女王の座を退いて騎士団の面々が入れ替わった後、団長になるのですから」

目を丸く見開いた。

「それが、わたくしの筆頭護衛官であるということです」

ヒルダはあくまで落ち着いていた。ユディトより八つも年下のはずなのに、ずっと大人に見えた。

決意が固いのだ。

彼女は女王になろうとしている。

彼女の騎士団の団長になりたい。

「騎士団長であることとカテリーナの母であることを両立してみせなさい。わたくしはあなたこそそれができる人間であると信じて、あなたをここに呼び戻します」

白く華奢な手が、カテリーナの柔らかく滑らかな頬を撫でる。

「叶えてくれますね？」

頷けないわけがなかった。一も二もなく答えた。

「はい……！」

ユディトが喜んでいるのがわかるのか、カテリーナも機嫌が良い。

「かといって、ずっとカテリーナを抱っこしているのは現実的ではありませんね。……わたくしにも抱かせてくださいますか？」

ユディトはカテリーナを捧げるように掲げた。ヒルダがカテリーナの脇腹に手を添え、ゆっくりと抱き上げた。

「ほら、見てください。わたくしにもカテリーナを抱っこできます。この子は泣きませんね。嬉しいです」

「ありがとうございます、私も安心です」

「では、ユディトがわたくしの傍にいる間、わたくしがカテリーナを抱いていましょうか」

ヒルダの提案に動揺する。ヒルダは何のこともないかのような顔でカテリーナを軽く揺する。

「わたくしは騎士たちのように激しく立ち回ることはありませんからね。わたくしの膝の上であやしていましょう」

「しかし、ヒルダ様——」

「というのは、さすがに冗談ですが。でも、いい思いつきですね」

今度、彼女はにこりと天使のように笑った。それは母ヘルミーネにはない、彼女ならではの愛らしい笑みだった。

「そうだ、この子を騎士団の中でお世話しましょう」

「と、おっしゃると——」

「騎士団の中に人を雇って、宮殿の中でいつでも顔を見られる状態にしましょう」

胸の奥から熱いものが込み上げてくる。

「わたくしも、あなたも。いつでも、カテリーナに会えるように」

言葉が出なかった。ただただ嬉しかった。ユディトの小さなお姫様は立派な女王になろうとしているのだと確信した。感動で喉の奥が詰まった。

彼女は全ホーエンバーデン市民の母となるだろう。

彼女の傍らに、自分が立つ。

そのために、何も諦めなくていい。

「そうと決まったら善は急げですね。すぐに手配しましょう」

呼び鈴を鳴らして、女王の秘書官を呼び寄せる。

「わたくしはね、ユディト。あなたとアルヴィン兄様の幸せな結婚生活が見たいのです」

その言葉が何よりもの祝福に聞こえた。

「ユディト。今、幸せですか？」

ユディトは涙が頬を伝っていくのを感じた。

「はい。私は、幸せです」

あとがき

このたびは『男装の女騎士は職務を全うしたい！　俺様王子とおてんば令嬢の訳アリ婚』をお手に取ってくださいましてありがとうございます。丹羽夏子と申します。

こちらは２０１９年第3回フェアリーキス大賞にて銀賞をいただいた作品に加筆修正を行ったものです。

こたつでもがきながら「もう人生に疲れた！　何も考えずに笑えるラブコメを書かせてくれ！」とうめいたあの日からいったいどれくらいの時が経ったことでしょう。実に数奇な運命をたどった作品となりました。


私は昔から異性装ネタが大好きなのですが、異性装のキャラはなぜその恰好をしているのか、いつもとてつもなく深く考えるようにしています。

特に男装をする女の子キャラは大雑把に分けるとふたつ、
①男性であることを求められているパターン（騎士など本来は男性にしかできない仕事をしている、男性にしか許されないはずの家督の継承をしなければならない等）
②男性であることを求めているパターン（自発的に男性として、あるいは男性っぽく振る舞いたいと思っている、趣味や信条、性自認の問題等）

があると思っております。

この2パターンのうち、①の場合は、ドレスを着ることとイコール素に戻ることであり、最後は女の子として認められることでハッピーエンドが多いかと思います。

でも、②の場合、ドレスを着るのははたして本当にハッピーエンドなのでしょうか？

そして、②であるユディトはどうやって自分の女性性と向き合うのか。

という真面目な話は忘れて、二人がどんな子作りをするのかだけ考えて軽い気持ちでお読みください。


最後に、この本の制作に関わってくださった皆様にもお礼を申し上げたいと思います。

特に、どうでもいいことばかり言う私に付き合い、泣き言を言えば励ましの言葉をくださった担当編集様、ありがとうございました。

諸先輩方がいつも判を押したように編集さんに謝辞を書いているので、ずっと「書かされているのか？」と思っていましたが、本当に自然と書きたくなりました。本当です。

２０２０年3月最後の日曜日、東京から満開の桜に雪が積もったという便りが届きました。人生はそういうことの連続です。面白くないこともたくさんあるでしょうが、皆様におかれましては、どうか希望を捨てられませんように。

またいつかどこかでお会いできることを祈りつつ、今回はここで筆を置きます。

２０２０年4月　丹羽夏子

男装の女騎士は職務を全うしたい！
俺様王子とおてんば令嬢の訳アリ婚

著者　丹羽夏子

2020年6月5日　初版発行

発行人　神永泰宏

発行所　株式会社 J パブリッシング
〒102-0073　東京都千代田区九段北1-5-9 3F
TEL 03-4332-5141　FAX03-4332-5318

製版　サンシン企画

印刷所　中央精版印刷株式会社

ISBN：978-4-86669-294-4
Printed in JAPAN